海上仙山的美丽传说，神秘莫测；诗词歌赋的沧浪之音，慷慨激昂；追风逐浪的历险小说，扣人心弦。这些因大海而生的文字和歌谣，吟唱着海浪、青春与时光……

最值得珍藏的海洋文化丛书

Ocean Literature

海洋文学

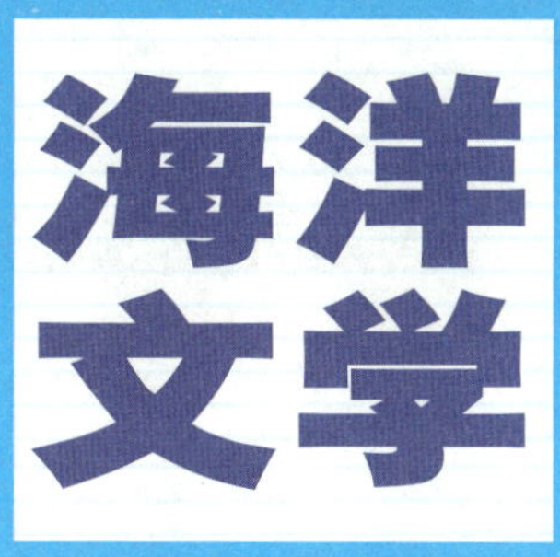

主 编/朱自强
文稿编撰/韩春艳 田 帅
图片统筹/刘乃泉 张 华

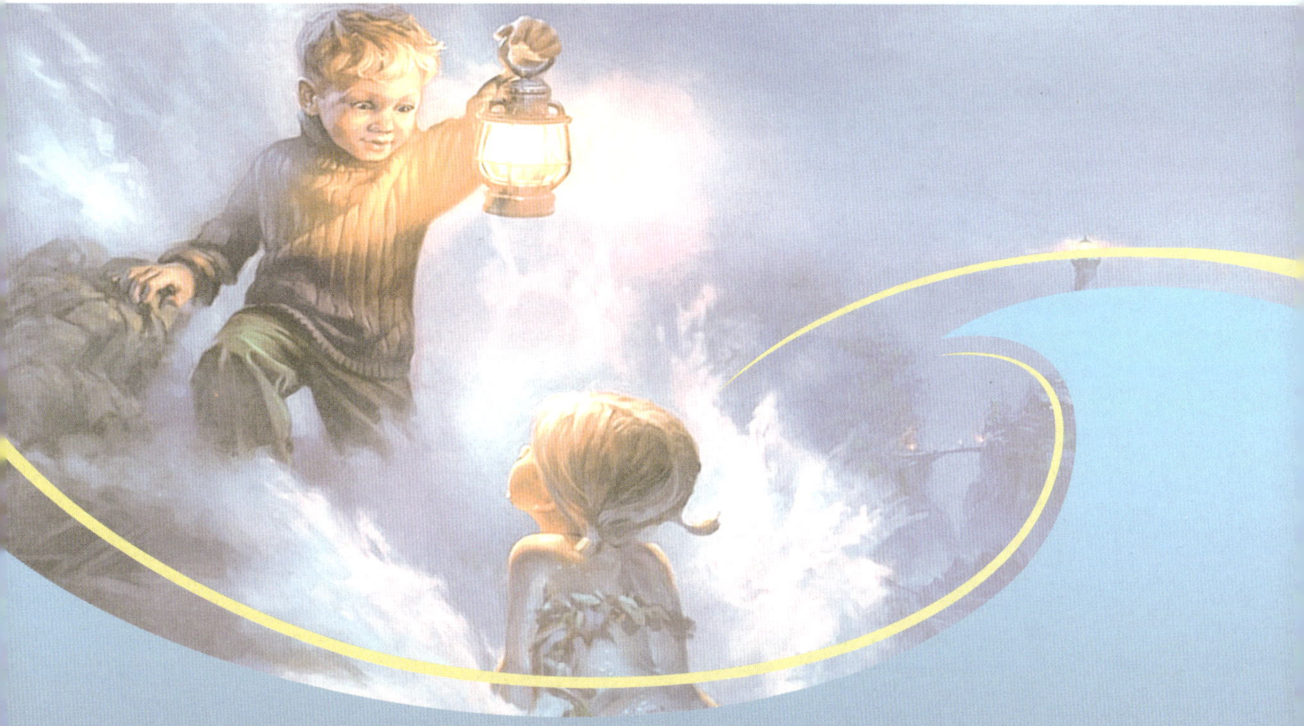

中国海洋大学出版社
·青岛·

人文海洋普及丛书

普及海洋知识
迎接蓝色世纪

文圣常
二〇一一年三月

著名物理海洋学家、中国科学院资深院士文圣常题词

弘扬海洋文化 共享人文华章

——出版者的话

海潮涌动，传递着大海心底最深沉的呼唤；人海相依，演绎着人与海洋最炽热的情感。慢慢走过的岁月，仿佛是船儿在海面经过的划痕，转瞬间成为永恒。这里既有海洋的无限馈赠，更有人类铸就的恢弘而深远、博大而深邃的海洋文化。

为适应国家海洋发展战略需求，普及海洋知识，弘扬海洋文化，我社倾力打造并推出了这套“人文海洋普及丛书”，希望能为提高全民尤其是广大青少年的海洋意识作出应有贡献。

依托中国海洋大学鲜明的海洋学科和人才队伍优势，我社一直致力于海洋知识普及和海洋文化传播工作，这是我们自觉肩负起的社会责任，更是发自心底对海洋的挚爱以及对未来海洋事业发展的蓝色畅想。2011年推出的“畅游海洋科普丛书”，在社会上产生了广泛而良好的影响，这套丛书是我社为服务国家海洋事业献上的又一份厚礼。

本丛书共6个分册，以古往今来国内外体现人文海洋主题的研究成果和翔实资料为基础，多视角、多层次、全方位地介绍了海洋文化各领域的基础知识和经典案例及轶闻趣事。《海洋文学》带你走进中外写满大海的书屋，倾听作者笔下的海之思、海之诉；《海洋艺术》带你穿越艺术的历史长廊，领略海之韵、海之情；《海洋民俗》带你走进民间，走近海边百姓，一睹奇妙无穷的大千世界；《海珍食话》让你在领略海味之美的同时了解它们背后的文化故事；《海洋探索》引你搭乘探险考察之船，体验人类在海洋探索过程中的每一次心跳；《海洋旅游》为你呈现大海的迤逦风光，而海洋文化价值的深度挖掘更会令你把每一处风景铭刻在心……

本丛书以简约隽永的文字配以大量精美的图片，图文并茂地展现了丰富的海洋文化，使你在阅读过程中享受视觉的盛宴。典型案例的提炼与基础知识的普及相结合，文化、历史、轶闻趣事熔于一炉，知识性与娱乐性融为一体，这是本丛书的主要特色。

为打造好这套丛书，中国海洋大学吴德星校长任总主编，率领专家团队精心创作；李华军副校长为总策划，为本丛书的出版出谋划策。90岁高龄的中国科学院资深院士、著名物理海洋学家文圣常先生亲笔题词：普及海洋知识，迎接蓝色世纪。本丛书各分册的主编均为相关领域的专家、学者，他们以强烈的社会责任感、严谨的治学精神、朴实而不失优美的文笔精心编撰，为丛书的成功出版奠定了牢固基础。

这是一套承载着人文情怀的丛书，她洋溢着海洋的气息，记录了人类与海洋的每一次邂逅，同时也凝聚了作者和出版工作者的真诚与执著。文化的魅力在于一种隽永的美感，一种不经意间受其浸染的魔力，饱览本丛书，你会有些许的感动，会有意想不到的收获。

热爱海洋，要从了解海洋开始。愿“人文海洋普及丛书”能使读者朋友对海洋有更加深刻的认识，对海洋有更加炽热的爱！

前言

文学作品是人类的心灵史，文学家眼中的大海不仅是创作灵感的源泉，而且是一面反观自我的镜子。浩瀚无垠的大海在给予人类生命的同时，也铸就了人类的情感、个性和价值观。

从2000多年前的先秦古籍《山海经》开始，海洋就成为中国文学中重要的组成部分。散若珍珠的海洋文学作品展示了中华民族丰富而充盈的精神世界，无论是烟波浩渺的海上仙山传说，人神相恋的戏曲故事，还是人生与大海结合的知识分子的精神之歌，中国海洋文学逐渐融入了对人与海洋关系的思考，更加关注“人”的生命价值和意义。

相较于理想化、诗意化的中国海洋文学，外国文学中的海洋世界则有着猛烈的风暴、残酷的斗争和对自由更加热烈的渴望。这是因为，从本质上来讲，中国还是以大河文化为主，而西方则与海洋有着更亲近的地缘和血缘上的联系——海洋既塑造了他们的性格，也塑造了他们的文化。

无论是中国还是西方的海洋文学，海洋世界的探索与心灵世界的探索是同步的，人类对海洋从恐惧到征服再到和谐相处的态度转变的过程，也是人类不断拓宽自己灵魂深度的过程。海洋文学所做的，就是以它富有激情和力量的彩笔，为我们勾画出了这一过程中人类幽深而丰富的灵魂世界，让我们看清自己的面庞，倾听内心最真实的声音，去寻找通向自由的道路。

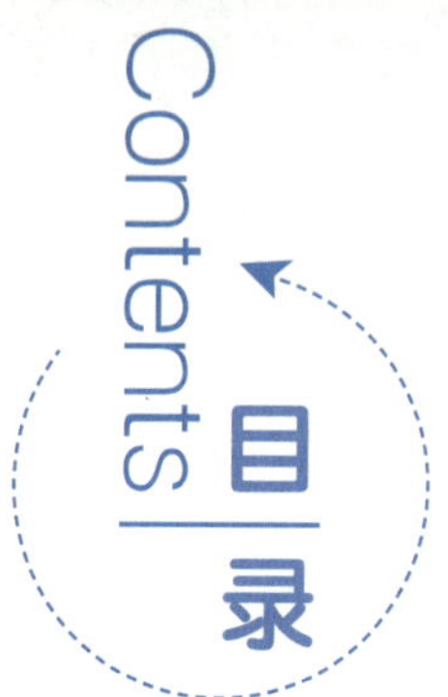

目录 Contents

中国海洋文学

走进古老的华夏，感受海洋的气息。

远古神话中，精卫填海的美丽传说流传至今；

先秦诸子，孔孟欲乘桴浮于海，老庄欲任性而逍遥；

汉唐风采，一展诗人的海洋情怀；

宋元魅力，再现民间的沧浪之音；

踏入明清的海洋世界，斑驳的景象让人流连忘返；

如今让我们扬帆起航，共同感受海洋文学迷人的蔚蓝……

古代海洋神话传说

远古时代，人们认为中国四周都是海洋，各方大海都有一名海神主宰，太阳每天东升西落之后会到一个名叫“咸池”的海域沐浴；茫茫大海之上还有众多仙山，上面居住着各种奇异的神灵……面对浩瀚无际、变幻莫测的海洋，先民们想象出各种主宰的神灵来护佑自己，创造出许多海洋神话传说世代流传。穿梭于这些海洋神话传说中，我们惊叹于先民们的思想光辉与想象力，其中体现出的包容、宽厚、兼容并蓄的博大精神渗透着海洋气息，滋养了中华文明，也构成了中华民族的精神内核。

《山海经》与四海海神

> 吾国古籍，瑰伟瑰奇之最者，莫《山海经》若。《山海经》匪特史地之权舆，乃亦神话之渊府。
>
> ——袁柯《山海经校注·序》

说起《山海经》，我们还记得《阿长与〈山海经〉》中所写的当年阿长给鲁迅带来那本绘图《山海经》时，少年鲁迅的那份惊奇与喜悦。那么，《山海经》到底是本什么样的书，竟会让那时包括少年鲁迅在内的青少年如此着迷呢？其实，《山海经》算得上我国古代典籍中的一部奇书，它内容多荒诞离奇，形式也简短零散，却是我国历史上最早的一部关于山川海洋的著作，被人们奉为中国海洋文学的历史源头和中国海洋小说之祖。

↑山海经

《山海经》

据说《山海经》全书原共22篇3万多字，现存18篇，包括“藏山经”5篇、“海外经”4篇、“海内经”5篇、“大荒经”4篇。“藏山经”主要记载山川地理、动植物和矿物等的分布情况；“海经”主要记载海外、海内各国的奇异风貌和神奇事物；“大荒经”主要记载与黄帝、女娲和大禹等相关的神话资料。

《山海经》“海经”部分记载的奇异之事数不胜数。有海上神山——“蓬莱山在海中”，“大人之市在海中”；海上山川生物——“东海中有流波山，入海七千里。其上有兽，其壮如牛，苍身而无角一足，出入水则必风雨，其光如日月，其声如雷，其名曰夔。黄帝得之，以其皮为鼓，橛以雷兽之骨，声闻五百里，以威天下。”而关于海神的记载也不只限于四海海神，在茫茫大海之中，除了四海海神还有众多的其他海神，如“人面犬耳兽身，珥两青蛇，名曰奢比尸”。

《山海经》大约成书于战国到汉初这一时期，其内容涉及我国古代地理、神话、物产、巫术、宗教、民俗、医药等诸多方面。书中收录的中国早期关于山川海洋的大量神话传说更为珍贵，像夸父逐日、大禹治水、精卫填海等神话传说早已家喻户晓，童叟皆知。

精卫填海

精卫填海是一个感人肺腑的神话传说。传说炎帝的小女儿在东海溺水身亡，其灵魂化为精卫鸟，时常衔着西山的树枝、小石子去填东海。这种以弱小的生命力量挑战浩瀚大海的精神可歌可泣，因此后人称精卫鸟为“冤禽”、“志鸟”或“誓鸟”。

从精卫鸟身上，我们看到了那种为了实现目标而不惧艰辛、顽强奋斗的精神，是先民们在当时恶劣的自然条件下探索自然、试图征服自然的顽强精神的再现，并成为中华民族的优秀品质之一。

精卫也因此为历代文人所称颂。三国时期的曹植曾赋有《精卫篇》，陶渊明歌颂“精卫衔微木，将以填沧海”，李白夸赞“精卫殷勤于衔木”，文天祥更有“壮心欲填海，苦胆为忧天”的感慨。到了近代，鲁迅也曾赋诗“精禽梦觉仍衔石，斗志城坚共抗流”来赞叹精卫的精诚和毅力。

→ 精卫填海

远古时代，先民们认为中国四周由海洋环绕，既然有海洋，那肯定就有主宰海洋的神灵。于是，人们崇拜海神，向他们述说自己的愿望。四海海神的传说最早便是出现在《山海经》里：

← 四海龙王

东海之渚中，有神，人面鸟身，珥两黄蛇，践两黄蛇，名曰禺虢。
南海渚中，有神，人面，珥两青蛇，践两赤蛇，曰不延胡余。
西海渚中，有神，人面鸟身，珥两青蛇，践两赤蛇，名曰弇兹。
北海之渚中，有神，人面鸟身，珥两青蛇，践两赤蛇，名曰禺强。

从书中描绘的四海海神形象来看，他们几乎都是人面鸟身，耳朵上穿着两条蛇，脚上还踏着两条蛇。蛇是当时先民们的一种图腾。这种早期的蛇图腾经过若干年的发展演变，最终转变成中国古代社会对龙的图腾膜拜。

其实，不仅这种图腾发生了变化，就连四海的海神也是不断发展变化的。在《山海经》所描绘的四海海神的基础上，东汉时期，四海海神的称谓和形象已发生了很大改变。此时的海神已经完全人格化了，他们分别是东海之神勾芒、南海之神祝融、西海之神蓐收、北海之神玄冥。而今天人们所熟悉的四海龙王的形象在唐宋时期才逐渐成为四海的海神，司宰着海洋中的水族生灵和人间的风雨晴天。他们以东海龙王敖广为长，其次是南海龙王敖钦、北海龙王敖顺和西海龙王敖闰。先民们对四海海神的崇拜，反映了当时人们对吉祥、太平、风调雨顺的朴素的精神诉求和对未知海洋世界的尊崇与向往。

海上仙山的传说

> 齐人徐市等上书，言海中有三神山，名曰蓬莱、方丈、瀛洲，仙人居之。请得斋戒，与童男女求之。于是遣徐市发童男女数千人，入海求仙人。
>
> ——《史记·秦始皇本纪》

《史记》中的“徐市”即秦代有名的方士徐福。秦王嬴政横扫六国、一统天下之后，认为自己“功过三皇，德盖五帝”，遂自称始皇帝。他希望帝业能够长存，自己能长生不老，因此对神仙方术十分着迷，幻想通过寻仙服药的方式来延长自己的生命，并使国运永昌。

齐人徐福听到这个消息之后，在秦始皇出巡时数次进言，说自己曾经游历海外仙山，见过安期生等神仙，甘愿为他求得长生不老之药。秦始皇听后大喜，给予他数千童男童女、植物种子、药品、衣物、粮食，让其出海求药。最终，徐福带领童男童女远渡海外，下落不明……

那么，徐福东渡到底去了哪里呢？这是一个千古之谜，历来为人们所争论。有人说，徐福东渡去了日本，他带去的数千童男童女在日本得以繁衍生息，带去的能工巧匠和植物种子使得日本踏入了农耕时代进而走向文明时代。他们认

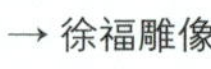
→ 徐福雕像

为，日本神话中，神武天皇的原型就是徐福。也有人提出，徐福其实到了更远的美洲，并在那里定居，成为美洲印第安人的祖先。还有人认为，徐福等人在途中遭遇风暴，殒命于海中。其实，无论徐福去了哪里，海上仙山是否存在，他留给我们的早已超出了寻仙问药、追求长生的范畴，而是代表着2000多年前先民们对海洋和海外世界的探寻。大海深处埋藏着当年徐福东渡的秘密，也记载了他们敢于冒险、勇于开拓的精神。

徐福东渡要去的海外仙山，其实早在先秦时期就有人想去探寻了。根据《史记》的记载，齐威王时期就曾派人去海中寻找蓬莱、方丈和瀛洲这三座仙山了。世传这三座仙山都在渤海之上，离凡人尘世间并不遥远，山上有神仙居住，还有令人长生不死的仙药。而且令人惊奇的是，仙山上的飞禽走兽都是白色的，连亭台楼阁都是用黄金白银建造的。因此，有人试图入海寻找它们，可是当远远地看到这三座仙山时，它们好像都在云中；待到接近仙山的时候，它们却又潜伏到海水下面了。

从齐威王到汉武帝，一批批方士被派去海上寻仙求药。他们有的回来了，有的却不知所踪，留给后人无尽的遐想。他们虽然没能求得长生不老之药，但却真正扬帆远航，成为中国航海活动的先行者，为中国以后的海上交通与海外贸易奠定了基础。

孔孟、老庄眼中的大海与人生

先秦中华文化的轴心时代，是一个需要巨人也产生了巨人的时代。这一时期的中国文学，文史哲不分，诗乐舞相连，百家争鸣，形成的文化传统奠定了数千年来中国文化的思想基础，成为中国文化宝贵的精神财富。尤其是儒、道两家的思想，影响着后世人们的世界观、人生观和价值观。哲人们注重以宇宙自然万物表征社会人生哲理，体现了当时人们主体意识的觉醒。

相较于西方的海洋文明，中国以内陆文明为主，文化观念较为保守和单一。先人们对于中原之外的四海之滨，更多的是文学性想象。在大海与人生关系的探讨上，孔孟更多关注其社会性。当政治理想无法实现时，大海是他们暂时获得精神寄托的世外桃源。而在主张道法自然的老庄看来，大海是自然的一部分，与宇宙自成一体。他们看重的是川谷江海容纳万物、包容大度的自然属性，一心想成为退而闲游、任意去留的江海之士。在他们那里，“天人合一”，人与海洋、人与自然和谐相处，从江海之水中获得灵性的洗礼和自然滋养。这也成为中国古代海洋文学最重要的精神要义之一。

孔孟：隐居求其志

道不行，乘桴浮于海。

——《论语》

水性就下，而海则地势之最下者也。禹惟顺水之性，故因势而利导之。

——《孟子》

2000多年前，孔子创立了以“仁”为核心的儒家思想，他强调仁、义、礼、智、信，强调作为一个有责任感的“士”应该积极入世，将修身、齐家、治国、平天下作为奋斗的目标。孔子思想的核心是“礼”与“仁”，在治国方略上，他主张“为政以德”，用道德和礼教来治理国家。孔子“仁”的学说，体现了人道主义精神；孔子“礼”的学说，则体现了礼制精神，即现代意义上的秩序和制度，这是建立人类文明社会的基本要求。孔子的这种人道主义和秩序精神是中国古代社会政治思想的精华。

↑孔子（前551—前479），字仲尼，鲁国陬义（今山东曲阜）人。孔子是春秋末期著名的思想家、教育家，儒家学派的创始人。

古人云，“天不生仲尼，万古如长夜”。孔子距今已有2000多年，但他的思想仍像明灯一样，时常会向我们迷茫的心灵投来一束智慧的光亮。

与历史上被过分拔高或贬低的孔子不同，今天的孔子更像是一个普通人，人们知道他其实身材高大、力气过人、酒量超凡，并不是传说中的文弱书生。他一生都在做着连自己都知道会失败的事——将他的“仁政”思想推行到君王的统治中去。因为不合时宜，孔子一路走得并不轻松。

孔子坎坷的政治生涯

孔子20岁就决心走仕途，但在鲁国并未得到重用。后来去往齐国，齐景公本来很赏识他，但由于齐国大夫的陷害，齐景公不愿用他，他只好又回到鲁国。这时的鲁国政权都掌握在鲁国大夫的家臣手中，这对于讲究“礼”数的孔子来说是不能忍受的。他对鲁国君臣昼夜歌舞升平十分不满，于是决定离开鲁国，重新寻找能够接受自己主张的国君，这一年孔子已经55岁了。孔子先是来到卫国，遭谗言陷害几度离开，59岁时他打算接受楚国的聘用，然而又被陈蔡大夫嫉恨，在孔子前去的途中将其围困，以至粮绝，经学生子贡的斡旋，师徒才免于一死。直至逝世，孔子“仁”的思想也没有被任何一位国君推行。

孔子的一生，用他自己的一句话来评价就是，“知其不可而为之”。但是在他遭贬损、被拒斥、遇谗言、陷于绝境的时候，大海成为他心中最后的归宿——“道不行，乘桴浮于海。”他明白，自己的政治主张已然无法实现，被采纳的机会是那么渺茫，还不如乘着木排去海外，告别纷扰，过自己的生活。可是大海啊，你那里也许是理想的圣地，也许有神灵居住，有仙女歌唱，但是对于一个怀抱着理想的思想者来说，你只是一剂慰藉痛苦的止痛药，疼痛减轻之后，属于人间的勇士还是要继续在这荒芜的人间寻找理想的所在。

2000多年前的一个早晨，一辆破旧的马车行驶在坑坑洼洼的土路上，它发出的吱呀吱呀的声音打破了黎明的寂静。车里坐着一个叫孟轲的人，面庞清癯。旅途中他不断地掀开窗帘，看到的都是破败的房屋和流离失所的难民。他的眉头越来越紧，心越来越痛。他感到自己要建立一个“幼有所养，老有所依”的大同世界的构想是那么重要，他必须义无反顾地奔赴前方，只为将孔子“仁”的主张推向社会最需要的地方。然而，孟轲比孔子更生不逢时，他生活在战国中期，时值民不聊生、道德失范的战乱岁月，各诸侯国忙于富国强兵，都想依靠战争的暴力手段争霸天下，哪里肯接纳他提出的通过施行德政来争取人心、统一天下的主张！连后世的司马迁都认为，孟子的这些主张与他所生活的时代，就像是一个方形木塞和一个圆孔，彼此格格不入。

↑孟子（前372—前289），名轲，字子舆，邹国（今山东邹城）人。著有《孟子》一书，继承并发扬了孔子的思想，是战国时期儒家思想的代表人物，有“亚圣”之称。因其对儒家思想的贡献，常与孔子合称为“孔孟”。

孟子从44岁开始效法孔子，“知其不可而为之”，带领学生周游列国。然而他与孔子在性情上有很大的不同，如果说孔子是温润如玉，那么他则是耿介方直。在国君面前，孟子没有丝毫的奴颜媚骨，他平等地与他们对话，气宇轩昂，滔滔不绝，始终保持着“说大人，则藐之”的狂狷之气，也因此留下了“好辩”的名声。如此倨傲的孟子，到了花甲之年，也不得不承认自己在政治上的天真，他只好选择“隐居求其志”，回到故乡与弟子万章一起“序《诗》、《书》，述仲尼之意，作《孟子》七篇”。

和孔子一样，孟子眼中的北海、东海等世外桃源，也是他逃避浊乱现世的避风港。大海同社会人生联系在了一起。但作为孔子学说的传人，孟子睿智聪慧，也将大海作为自己汲取人生哲理的源泉。

◉ **一个人的胸襟和气度决定了他的人生格局**

孔子登东山而小鲁，登泰山而小天下，故观于海者难为水，游于圣人之门者难为言。（《孟子·尽心上》）

【释义】孔子登上东山，就觉得鲁国变小了，登上了泰山，就觉得天下变小了，所以看过汪洋大海的人，很难会被江河湖泊吸引，亲聆过圣人之训的人，很难会被其他凡俗的言论所吸引。在这里，孟子强调人应立志高远，有大海“纳百川，容万物”的胸怀气量，方能成大事。

◉ **循序渐进，厚积薄发**

观水有术，必观其澜。日月有明，容光必照焉。流水之为物也，不盈科不行。君子之志于道也，不成章不达。（《孟子·尽心上》）

【释义】在立志高远的同时，也要踏实努力，把握规律，循序渐进，就像流水是有规律的，它必须把河道中的坑坑洼洼填满才能继续向前流动，而太阳的光芒从来不放过任何缝隙，因此要立志做学问，必须一点一滴地积累才能逐步通达。

◉ **因势利导，顺势而为，克服万难**

禹之治水，水之道也，是故禹以四海为壑。

水性就下，而海则地势之最下者也。禹惟顺水之性，故因势而利导之。（《孟子·告子下》）

【释义】大禹能够治水成功，是因为他把握了水的自然之性，顺应了水往低处流的规律，所以他疏通河道，使水都归于大海，这叫顺而治之。孟子在这里讲的是做人做事要顺势而为，只有这样方能进退自如，克服苦难，成就顺风顺水的成功人生。

孔孟眼中的大海，是肩负着社会责任的思想者的心灵之海，是他们精神上的栖息之地和灵魂家园。他们坚持着自己的理想，犹如飞蛾扑火，执著勇往。孔子也曾想过乘桴浮于自己的心灵之海，远离现实纷扰，但是他放不下；于孟子而言，大海令他更为理性，懂得了博大、踏实，懂得了刚柔并济、顺势而为，他在寻找一种刚柔并济、进退自如的方法，平衡理想与现实的矛盾。

是进还是退，是辗转于庙堂间还是乘桴浮于海，这是以天下为己任的知识分子都无法回避的问题。晚年的孔孟，回顾自己几十年的宦海沉浮、颠沛流离和失意落魄，也许想到要退回自己的内心——隐而不仕，但到生命的最后一刻，他们做的都是一个知其不可而为之的勇士。因此，虽然他们说要隐居，但其实也时刻渴望与准备重新出发。就这样，大海开启了中国知识分子精神世界的矛盾，仕与隐的纠结成为后世文学的一个重要主题。

小舟从此逝，江海寄余生

这是苏轼《临江仙·夜归临皋》一词中的名句，是后世文学中写庙堂不得志而欲遁隐江海的经典。

宋神宗元丰二年（1079年），著名的“乌台诗案”后，苏轼被贬为黄州团练副使,开始了长达五年的贬谪生涯。这对时值盛年、才华横溢、有着“致君尧舜”的政治理想、自视甚高的苏轼而言，是一个沉重的打击。这场官海风波后，他处境尴尬，处处被怀疑，内心十分痛苦，思想上也一度悲观消沉。《临江仙·夜归临皋》作于宋神宗元丰五年（1082年），全词风格清旷而飘逸，描述了作者深秋之夜在东坡雪堂开怀畅饮、醉后返归临皋住所的情景，表达了词人退隐俗世的愿望。

老庄：逍遥天地间

江海所以能为百谷王者，以其善下之，故能为百谷王。

——《老子》

北冥有鱼，其名为鲲。鲲之大，不知其几千里也。化而为鸟，其名为鹏。鹏之大，不知其几千里也；怒而飞，其翼若垂天之云。是鸟也，海运则徙于南溟。南溟者，天池也。

——《庄子》

↑老子，姓李名耳，又称老聃，春秋时期楚国人，中国古代伟大的哲学家和思想家，道家学派创始人，被唐皇武后封为太上老君，世界文化名人，世界百位历史名人之一，存世有《道德经》（又称《老子》）。其作品的精华是朴素的辩证法，主张无为而治，其学说对中国哲学发展具有深刻影响。

先秦诸子百家争鸣时，能与儒家学派分庭抗礼的非道家莫属。他们一方说要立身行道，另一方则言清静无为；一方主张王者之道，另一方则认为道法自然。其实，二者之间并不矛盾——儒家讲求的是人生的成全和实现，而道家则讲求人生的超越和洒脱，二者侧重的是人生不同的方向。在先秦，道家学派以其深邃而名扬四海，汉初，道家学派以其“无为而治”的理念被奉为治国之道，成就了“文景之治”。虽然汉武帝之后儒家思想跃居统治地位，但道家思想并未退出历史舞台，而是继续在中国古代思想文化发展中扮演重要角色，著名的魏晋玄学、宋明理学无不糅合了道家思想。即使到了今天，道家思想仍然是人们重要的精神园地。

作为道家的先河之作，《老子》仅仅5000余言，而集道家思想大成的《庄子》也只有33篇，但是它们却完美地阐释了道家思想的精髓：“道法自然”的和谐之论，“天人合一”的物我境界，“致虚守静”的修道方式，以及“无为而

治”的治世原则，塑造了一个精神自由之境。

在老子眼中，大海博大精深，有着深不可测的一面，有着本真的一面，也有着清净内敛的一面。他曾言，“澹兮其若海”，“大国者下流”，这里的江海意喻修道之人当静如深海、包容万物，只有这样内敛不争、谦下任顺的品德，才能够体悟大道。在庄子的世界里，则充满了逍遥天地间的自在。在《逍遥游》中，庄子塑造了能彻底解脱现实烦恼、真正做到自由自在的海中鲲鹏形象，其生命的开阔大气、磅礴之力清晰可见，成为任性自然的象征，其扶摇直上九万里的形象被后世看做壮志凌云、气势磅礴的象征，具有积极向上的进取精神。

同时，庄子也为世人描绘了一个海中姑射山的神仙仙境。《庄子·逍遥游》中肩吾转述接舆的话里有这样一段描述：

藐姑射之山，有神人居焉，肌肤若冰雪，绰约若处子。不食五谷，吸风饮露，乘云气，御飞龙，而游乎四海之外。其神凝，使物不疵疠而年谷熟。

→ 庄子（前369—前286），名周，字子休，战国时期宋国（今在安徽省蒙城县，一说是河南商丘）人。庄子是道家学派的代表人物，与老子并称为“老庄”。

这个海中仙境，显然是庄子最为理想的逍遥之地，表现了他超然物外、神游天地、融于自然的渴望。庄子一生向往的便是退居闲游，做个江海山林之士，寄居江海之上，神游天地之间，虚静、恬淡、无为……

因此，相对于孔孟，老庄眼中的大海有更多自然的属性，与宇宙万物一体。江海是隐逸遁世的真正桃源，其归隐是彻底地与自然融为一体。人生理想和社会现实之间虽有矛盾，但是从自然中求得化解的力量，显然有助于获得内心的平衡。庄子在此展现了逍遥天地间的自在洒脱，并给数千年追求精神自由的文人以启发。老庄顺应自然、回归自然的主张，更有人文关怀，更符合人与自然和谐相处的原则，是一种解放心灵、温暖人心的精神力量。

大鹏赋（节选） 李白

乃蹶厚地，揭太清。亘层霄，突重溟。激三千以崛起，向九万而迅征。背業太山之崔嵬，翼举长云之纵横。左回右旋，倏阴忽明。历汗漫以夭矫，羾阊阖之峥嵘。簸鸿蒙，扇雷霆。斗转而天动，山摇而海倾。怒无所搏，雄无所争。固可想象其势，仿佛其形。

若乃足萦虹蜺，目耀日月。连轩沓拖，挥霍翕忽。喷气则六合生云，洒毛则千里飞雪。邈彼北荒，将穷南图。运逸翰以傍击，鼓奔飙而长驱。烛龙衔光以照物，列缺施鞭而启途。块视三山，杯观五湖。其动也神应，其行也道俱。任公见之而罢钓，有穷不敢以弯弧。莫不投竿失镞，仰之长吁。

尔其雄姿壮观，坱轧河汉。上摩苍苍，下覆漫漫。盘古开天而直视，羲和倚日以旁叹。缤纷乎八荒之间，掩映乎四海之半。当胸臆之掩画，若混茫之未判。忽腾覆以回转，则霞廓而雾散。

李白在鄂州江夏(今武汉)期间，正值道教大师司马承祯要去朝拜南岳衡山途经此地。李白久慕司马承桢博学多闻，特去拜访。司马承祯见李白神貌与众不同，交谈后更觉其天资聪颖、见识过人，便对他说："君家有仙风道骨，可与神游八极之表。"

回去后，李白一连数日回味着司马承祯对他的赞扬，渐起凌云之志。于是，有了这篇《大鹏赋》。

他迷蒙中看见北冥天池中的巨鲲，随着大海的春流，迎着初升的朝阳，化为大鹏，飞起在空中。大鹏振动羽翅，便使五岳震荡，百川崩奔。接着它便在广袤的宇宙中翱翔，时而飞在九天之上，时而潜入九渊之下，烛龙为它照明，霹雳为它开路，三山五岳在它眼中只是一些小小的泥丸，五湖四海在它眼中只是一些小小的杯盏。古代神话中善钓大鱼的任公子，曾经钓过一条大鱼让全国人吃了一年，见了它也只好甘拜下风。夏朝的后羿，曾经射落过九个太阳，见了它也不敢引弓。他们都只有放下钓竿和弓箭，望之兴叹。甚至开天辟地的盘古打开天门一看，也目瞪口呆。至于海神、水伯、巨鳌、长鲸之类，更是纷纷逃避，连看也不敢看了……

李白的《大鹏赋》，淋漓尽致地抒发了自己的豪情逸致，酣畅痛快。赋中的"大鹏"便出自于庄子寓言。鲲鹏的形象诞生于《庄子·逍遥游》，李白在此赋中以大鹏自比，寄托了自己的远大志向，进一步完善了这一形象。从此，大鹏作为一个壮志凌云、搏击万里的文学形象载入文学史册。

诗词歌赋中的沧浪之音

秦汉王朝实现了中国空前的大一统，无论是人们的精神面貌还是文学创作，都有一种昂扬的气势和英雄的气概。诸多写海的文赋辞藻瑰丽、汪洋恣肆，穷极大海之声貌，而其中最具代表性的就是枚乘的《七发》，作品用华丽铺陈、气势磅礴的语言描绘了潮涛的雄浑气势与壮观景象。

大唐盛世，社会、经济、文化空前繁荣，朝廷的开放政策与发达的海上交通让人们得以与海外频繁交流，也使唐代海洋文学拥有了包罗万象、雄视寰宇的气魄。这个时期的海洋诗歌高度成熟，众多歌颂海洋的名篇佳句熠熠生辉——“海上生明月，天涯共此时”千古传颂，“春江潮水连海平，海上明月共潮生”更成为月夜海景的经典写真。

宋代社会的商业发展达到历史高峰，沿海地区得到进一步开发，海上贸易活动更加频繁。海洋文学作品或状写海景，或描绘涉海生活的艰难，不仅在题材上进一步创新，内容上还融入了对人与海洋关系的思考，流露出浓厚的生活气息。

华丽的汉魏海赋

其始起也，洪淋淋焉，若白鹭之下翔。其少进也，浩浩溰溰，如素车白马帷盖之张。其波涌而云乱，扰扰焉如三军之胜装。其旁作而奔起也，飘飘焉如轻车之勒兵。六驾蛟龙，附从太白，纯驰浩霓，前后络绎。

——《七发》

↑枚乘（？—前140），字叔，淮阴（今属江苏）人。据《汉书·艺文志》记载，他有辞赋9篇，但只有《七发》、《梁王菟园赋》和《忘忧馆柳赋》3篇传世。

枚乘生活于西汉文帝和景帝时代，是汉初著名的辞赋家，曾做过吴王刘濞、梁王刘武的文学侍从。七国之乱时，枚乘曾两次上书吴王劝其罢兵，故而名声大振，景帝拜他为弘农都尉，因非其所好，称病辞官。武帝即位后，征之以“安车蒲轮”，遗憾的是他因年老病死途中。枚乘的传世之作并不多，但只《七发》一篇便足以奠定他在文学史上的地位。

↓书法作品《七发》（翁同龢）

將以八月之望與諸侯遠方交遊兄弟竝往觀濤乎廣陵之曲江至則未見濤之形也徒觀水力之所到則卹然足以駭矣觀其所駕軼者所擢拔者所揚汩者所溫汾者所滌汔者雖有心略辭給固未能縷形其所由然也怳兮忽兮聊兮慄兮混汩汩兮忽兮慌兮俶兮儻兮浩瀇瀁兮慌曠曠兮秉意乎南山通望乎東海虹洞兮蒼天極慮乎崖涘流攬無窮歸神日母汩乘流而下降兮或不知其所止或紛紜其流折兮或繆往而不來

↑班彪（3—54），字叔皮，扶风安陵（今陕西咸阳）人。东汉著名的史学家、文学家。曾续《史记》，其子班固据其史料修成《汉书》，其女班昭等又补充完成。

《七发》一文针对王公贵族生活奢侈腐化、精神状态萎靡的现实，针砭时弊，揭示了明理救命的道理，极具现实价值。文章辞藻丰美，行文铺张，气势恢宏，讽喻性明显，标志着汉代散体大赋的正式形成。其主客问答形式形成了一种特殊的文体——七体，对后世文人的创作产生了深刻的影响。

其中，“观涛”一节，对海潮暴涨进行了形象的刻画。作者把波涛凭空迭起、倒灌而来的壮观景象描摹得奇观满目、音声盈耳，令人心潮澎湃、如临其境。不仅如此，枚乘此番描绘“观涛”还在中国古代海洋文学史上提出了一个重要主题——潮涛文学，后人多有吟咏描述，留下了众多观涛览海之作。

汉代以赋体描绘海洋的不仅枚乘一人，班彪也曾以游览赋体，写下了中国古代海洋文学史上第一篇以自然海洋为描写对象的作品《览海赋》，比曹操的《观沧海》要早

览海赋（节选） 班彪

顾百川之分流，焕烂漫以成章。风波薄其裛裛，邈浩浩以汤汤。指日月以为表，索方瀛与壶梁。曜金璆以为阙，次玉石而为堂。蓂芝列於阶路，涌醴渐于中唐。朱紫彩烂，明珠夜光。松乔坐于东序，王母处于西箱。命韩众与岐伯，讲神篇而校灵章。原结旅而自讬，因离世而高游。骋飞龙之骖驾，历八极而回周。

↑国画《览海赋》（傅抱石）

170余年。

班彪目睹沧海的雄浑壮阔，想起孔子“道不行，乘桴浮于海”的名言，不禁感慨自己的人生际遇。作品中，作者意兴神飞，不仅描写了苍茫的大海，而且尽情畅游了天庭，引用了西王母、海外仙岛、东皇太一等神话内容，给全文增添了一种奇异的色彩，显示出作者欲出世求仙的感情波动，体现了他对人生自由和理想的追求。作品句意多取《楚辞》，名为览海，实为求仙，体现出浓厚的道家思想。

后世文人也多有以赋体来展现海洋魅力的，如三国时曹丕的《沧海赋》、王粲的《游海赋》，西晋木华的《海赋》、潘岳的《沧海赋》等。其中，东晋大画家顾恺之的《观涛赋》用简短的篇幅，不仅描绘了海涛的雄伟壮丽，而且驰骋想象，展示了海涛藏珍带宝的奇诡；还写到了海水上涨会浸没山陵的壮观景象，以及海潮退去会发现“岑有积螺，岭有悬鱼”的奇景。

在众多的海洋文赋中，有的描绘海洋的自然景色，壮写海洋的英雄气势；有的铺陈大海的千变万化和瑰奇壮丽；有的则寄情瀚海，感悟人生，品味生命的真谛……酣畅淋漓地描绘出了海洋的浩荡无际和瑰奇壮美，文字富丽，气度雍容，借海抒情的同时，为中国古代海洋文学更添一道亮丽的华彩。

观涛赋（节选） 顾恺之

临浙江以北眷，壮沧海之宏流。水无涯而合岸，山孤映而若浮。既藏珍而纳景，且激波而扬涛。其中则有珊瑚明月，石帆瑶瑛，雕鳞采介，特种奇名。崩峦填壑，倾堆渐隅。岑有积螺，岭有悬鱼。谟兹涛之为体，亦崇广而宏浚。形无常而参神，斯必来以知信。势刚凌以周威，质柔弱以协顺。

↑顾恺之《洛神赋》

《观沧海》与曹操的天地雄心

东临碣石，以观沧海。水何澹澹，山岛竦峙。
树木丛生，百草丰茂。秋风萧瑟，洪波涌起。
日月之行，若出其中；星汉灿烂，若出其里。
幸甚至哉，歌以咏志。

——《观沧海》

↑ 曹操（155—220），字孟德，沛国谯（今安徽亳县）人，三国时期著名政治家、军事家、文学家。

说起曹操，许多人都会认定他是阴狠狡诈的乱世枭雄，其实，历史上的曹操是一名杰出的政治家和军事家。当年，在汉末群雄逐鹿中原的时候，他从一个没有多大家族势力的中小地主白手起家，讨黄巾，伐董卓，诛吕布，灭袁绍，兴修水利，分兵屯田，逐步统一了中国北方大部分地区，打下了三分天下的基业。曹操死后，其子曹丕在其创建的霸业基础上改汉建魏，并追封他为魏武帝。

曹操还是一位文学家。他雅好诗文，常在行军途中博览群书，作品多有流传。曹诗深受乐府民歌的影响，常用乐府旧题旧调来表现新的内容，或反映当时的社会现实，或抒发个人的政治抱负，或表达自己的苦闷情怀。其诗作大都语言

↑观沧海图

质朴，气魄雄伟，格调慷慨悲凉。后人将他与其子曹丕、曹植并称“三曹”，是建安文学的主要代表人物。

建安十二年（207年），曹操率军击溃乌丸，取得北方战争的决定性胜利，初步实现了他统一北方的愿望，为其南下征伐安定了后方。《观沧海》这首诗就是他在北征乌丸途中，行军经过碣石而作。曹操登临碣石，遥想当年秦皇汉武开一代基业，也都曾于此登高望海，加之秋风

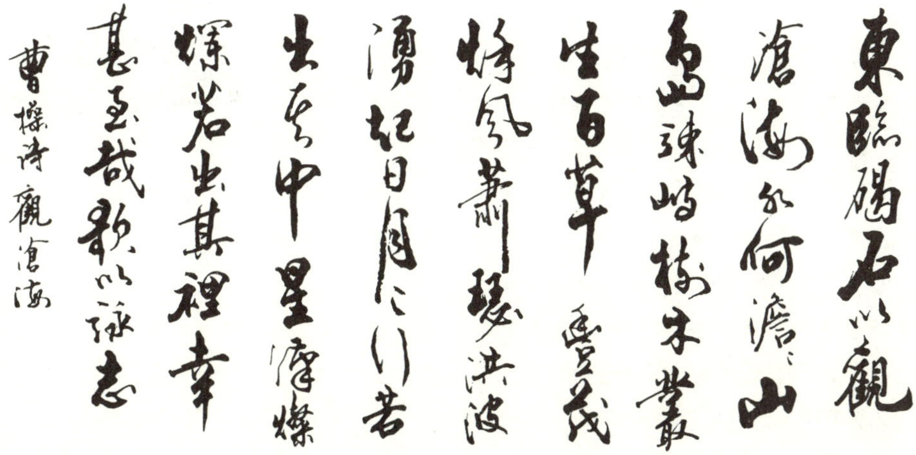

↑书法作品《观沧海》

苍劲，观海而情溢于海，于是有了这篇不朽的诗作。

品读此诗，曹操之沉雄气概与天地雄心真切可感。当年曹操荡尽残敌，一统北方，在山顶驻马远望，浩瀚缥缈的大海尽收眼底，一座座海岛耸立在这片汪洋之中。远远望去，海岛上树木丛生，百草丰茂，一派生机盎然。霎时间，秋风萧瑟而至，在海上惊起滔天巨浪，这波澜壮阔的气势激发起曹操一统河山的雄心壮志。

诗人展开奇特的想象，写到日月星辰的运行变换，仿佛都是由这方沧海吞吐，整条灿烂的银河，仿佛在大海的胸中流淌。从中我们可以看出曹操意气风发、踌躇满志、立志统一国家的远大抱负和宽广胸襟，真可谓读诗如见其人。

远游篇　曹植

远游临四海，俯仰观洪波。大鱼若曲陵，承浪相经过。灵鳌戴方丈，神岳俨嵯峨。

仙人翔其隅，玉女戏其阿。琼蕊可疗饥，仰首吸朝霞。昆仑本吾宅，中州非我家。

将归谒东父，一举超流沙。鼓翼舞时风，长啸激清歌。金石固易敝，日月同光华。

齐年与天地，万乘安足多。

曹植天资聪颖，才思敏捷，深得父亲曹操的喜爱，几乎被立为太子，但他恃才傲物，任性而为，终于为父亲不容。世人熟知曹植，多是由于那首著名的《七步诗》。其实，曹植才气纵横，还有许多其他的文学成就。后期他仕途坎坷，兄长曹丕欲除之而后快，无奈之下，他常常陷入对尘世的厌倦和对神仙的向往，于是写下了许多游仙诗，《远游篇》便是代表之一。其诗语言华美，所描绘的世外仙境明净、高洁，象征着诗人的理想世界。

↑曹植（192—232），字子建，三国时期著名文学家，建安文学代表人物。

李杜的诗海泛舟

酒入豪肠，七分酿成了月光
剩下的三分啸成剑气
绣口一吐，就半个盛唐

——余光中《寻李白》

群星灿烂的盛唐时代，最耀眼的当属诗仙李白。他从小博览群书，一生“好入名山游”，足迹遍布祖国的大江南北。他以青山为笔，绿水为墨，美酒为魂，用浪漫的言语书写着独特的人生传奇。他的壮志豪情、超迈气魄全部融入了那些俊逸飞扬、雄浑壮美的诗篇中。

李白对大海可谓情有独钟。在他的海洋诗歌中，我们常常能够聆听到海浪的鼓荡之声，可以随他一起仙游海上蓬莱。他用珍珠般的语言，或直接描绘海洋盛景，或援引海洋典故，或抒愤感怀，借瀚海以言志，感情丰富，内容多样，大大丰富了唐代海洋诗歌的内容。

↑李白（701—762），字太白，号青莲居士，出生于西域碎叶城（今吉尔吉斯斯坦），唐代伟大的浪漫主义诗人，有“诗仙”之称，与杜甫并称“李杜”。

李白的海洋诗歌内容同他的人生起伏是分不开的。在年轻气盛、壮志报国的青年时代，他曾以海上大鹏自诩，期望能振翅高飞，一展宏图大略，报效国家，这在《上李邕》一诗中展现得淋漓尽致：

大鹏一日同风起，扶摇直上九万里。
假令风歇时下来，犹能簸却沧溟水。
时人见我恒殊调，见余大言皆冷笑。
宣父犹能畏后生，丈夫未可轻年少。

李白的写海名句

长风破浪会有时，直挂云帆济沧海。

——《行路难》

海客谈瀛洲，烟波微茫信难求。

——《梦游天姥吟留别》

人乘海上月，帆落湖中天。

——《寻阳送弟昌峒鄱阳司马作》

仙人有待乘黄鹤，海客无心随白鸥。

——《江上吟》

连弩射海鱼，长鲸正崔嵬。
额鼻象五岳，扬波喷云雷。
鬐鬣蔽青天，何由睹蓬莱。
徐市载秦女，楼船几时回？

——《古风·其三》

李白虽自命不凡，亟待建功立业，但如果要在卑躬屈膝的条件下施展自己的抱负，他也只能“恳请还山”，绝不“摧眉折腰事权贵”。当理想与现实发生激烈的碰撞之后，原来的豪情壮志转眼变为满腹的怀才不遇和愤世嫉俗。此时，他不禁悲叹自己理想的幻灭，道出“空持钓鳌心，从此谢魏阙”的寂寞之言。最终，诗人也未能为国所用，一生漂流四海，晚年虽有过戎旅生涯，写下了一些赞扬水军气势的篇章，但也抵不住寻仙问药的好奇。诗人曾想象自己脱离尘世，直达幻境，在一首杂诗中写道：“传闻海水上，乃有蓬莱山。玉树生绿叶，灵仙每登攀。一食驻玄发，再食留红颜。吾欲从此去，去之无时还。”表达了诗人弃世求仙的心情。

李白还曾与日本遣唐使阿倍仲麻吕（来唐后在朝廷做官，改名晁衡）结下了深厚的友谊。天宝十二年（753年），晁衡随日本使团回国，途中遇大风，传言溺海身亡。李白为悼念好友，专门作《哭晁卿衡》诗一首：

日本晁卿辞帝都，
征帆一片绕蓬壶。
明月不归沉碧海，
白云愁色满苍梧。

这首悼亡诗情真意切，实际上晁衡并没有遇难，而是漂流到了他国，后又辗转到了长安。然而这首悼亡诗却成了文坛上的一段千古佳话，记载了李白的跨海友情。

总结李白一生，我们发现其实他就是一位独自泛舟海上的“海客”，在舟中“吹笙吟松风，泛瑟窥海月”。海月静美、孤高、绝俗，正与诗人傲岸高洁的品格完美契合。海客乘着天风，将船远行，“譬如云中鸟，一去无踪迹”。他追求自己的理想，怒斥社会的黑暗，高歌自己的壮志雄心，却又不得不悲叹自己的怀才不遇，自己泛舟游于这片浩瀚无涯的沧海之上，书写着诗一般的浪漫人生。

和“诗仙”李白一样“欲浮江海去”的还有一代“诗圣”——杜甫。他一生胸怀济世雄心，但现实中报国之志却难施展，一生郁郁不平，最终落得个“老病有孤舟”，令人扼腕。所幸，仕途的不

←《江汉》诗为大历三年（768年）杜甫漂泊流滞湖北江汉一带时心有所感而作。当时诗人已56岁，但仍存孤忠之心和报国之情，十分感人。

↓杜甫（712—770），字子美，自号少陵野老，巩县（今河南巩义）人。唐代伟大的现实主义诗人，有“诗圣”之称。其诗沉郁顿挫，有“诗史”之谓，约有1500首诗歌保留下来。

巴西驿亭观江涨，呈窦使君二首(其一) 杜甫

转惊波作怒，即恐岸随流。
赖有杯中物，还同海上鸥。

顺并未能妨碍诗人对国家的热爱、对人民疾苦的关怀，他将自己与国家的命运联系在一起，执著地关注现实、体味民生，用现实主义手法写下了众多针砭时弊、反映唐王朝由盛转衰的优秀诗篇，成为流芳千古的唐代大诗人。

杜甫的诗歌，笔力雄健、气象阔大，多有高山大海的意象、忧国忧民的真情。他很少有整篇描绘海洋的诗作，却常引用海洋景象抒情言志，这些涉海诗句能更好地帮助人们理解杜甫的高尚品格。历经宦海沉浮、人世沧桑之后的杜甫，内心早已千疮百孔，他需要给自己找一片疗伤的净地，于是他想到了大海，“平生江海心，宿昔具扁舟”，想泛舟浮于海上，做一个脱尘出世的“野老”，由此可见诗人在逆境中对高尚品格的追求和坚守。可当他浮于海上，忘不了的仍然是故国民生，于是发出了“余力浮于海，端忧问彼苍。百年从万事，故国耿难忘”的雄浑之语。

“白鸥没浩荡，万里谁能驯。”杜甫一生忧国忧民，淡泊名利，能于逆境之中高洁其身，不行趋炎附势之举，不入声色名利之场，如同翱翔于大海、与巨浪搏击的海鸥。

白居易的海上仙山与沧海桑田

海漫漫，直下无底旁无边。云涛烟浪最深处，人传中有三神山。山上多生不死药，服之羽化为天仙。秦皇汉武信此语，方士年年采药去。蓬莱今古但闻名，烟水茫茫无觅处。海漫漫，风浩浩，眼穿不见蓬莱岛。不见蓬莱不敢归，童男丱女舟中老。徐福文成多诳诞，上元太一虚祈祷。君看骊山顶上茂陵头，毕竟悲风吹蔓草。何况玄元圣祖五千言，不言药，不言仙，不言白日升青天。

——《海漫漫》

↑白居易（772—846），字乐天，号香山居士。河南新郑人。唐代伟大的现实主义诗人，其诗歌题材广泛，形式多样，语言平易通俗，有《白氏长庆集》传世，代表诗作有《长恨歌》、《卖炭翁》、《琵琶行》等。

每当读起白居易的这首诗，我们都会想起海上仙山的神话传说。其实，这是一首批判历代帝王沉浸于道士方术的讽喻诗，也是中国古代海洋文学中利用海上仙山母题进行创作的一个典范。

秦皇汉武开一代霸业，为了延续自己的万古江山，都曾遣人去那渺茫的海上寻仙问药。诗仙李太白听说海上的蓬莱仙山可使人抛世俗杂念并能长生不老，不禁也要弃世求仙，去之无还。白居易也曾在他的《长恨歌》中描绘海上仙山的渺茫与奇幻，但他对不关注现实而寄托于虚幻仙人仙药以求得长生的做法持否定态度。他在诗中讽刺了求仙问药以获得长生的错误想法，这与他“文章为时而作”的主张是一致的。

白居易为人乐天知命，在生活中体悟出“人生不满百”是因为“不得长欢乐”的缘故。他认为，生命的延长

白居易的写海名句

忽闻海上有仙山，山在虚无缥缈间。
楼阁玲珑五云起，其中绰约多仙子。
——《长恨歌》

蜃散云收破楼阁，虹残水照断桥梁。
风翻白浪花千片，雁点青天字一行。
——《江楼晚眺景物鲜奇，
吟玩成篇寄水部张员外》

早潮才落晚潮来，一月周流六十回。
不独光阴朝复暮，杭州老去被潮催。
——《潮》

“沧海桑田”

语出晋代葛洪《神仙传·麻姑》：“麻姑自说云，接待以来，已见东海三为桑田。”其原意是海洋变为陆地，陆地变为海洋，是发生在地球上的一种自然现象。“沧海桑田”的成因主要源于气候的变化：气温降低，由海洋蒸发出来的水，在陆地上结成冰川，不能回到海中去，因而海水减少，浅海就变成陆地；相反，气温升高，大陆上的冰川融化成水，流入海洋，会使海平面升高，能使近海的陆地或低洼地区，变成海洋。后来引申为世事变化很大的意思。

在于现实中不贪恋富贵名利。他曾官居刑部侍郎，在还不到60岁时，辞职归田。这份乐观与豁达也使他得享高寿。

与海上仙山同样著名的海洋文学母题还有“沧海桑田”。古人形容岁月流转、世事变迁的时候常常会说沧海桑田，如白居易在他的《浪淘沙》中写道：

一泊沙来一泊去，一重浪灭一重生。
相搅相淘无歇日，会教山海一时平。

白浪茫茫与海连，平沙浩浩四无边。
暮去朝来淘不住，遂令东海变桑田。

诗中描写了浪沙相淘、日夜不息，终令东海变成桑田的景象，这在一定程度上也启示我们只有不断积累才能有质的变化，只有持之以恒、

不懈努力，方能取得成功。

如白居易这般在诗中借用沧海桑田话题的著名诗人还有一代奇才李贺。在短暂的27年的人生历程中，他创造了无数神诡莫测的奇异篇章。他常常纵横思绪，神游天宇；腹中锦绣，出口成章，他的短暂人生却成就了文学史上的诗鬼奇才。他曾借沧海桑田寄托自己对人世沧桑的感慨，如其在《梦天》中写道："黄尘清水三山下，更变千年如走马。遥望齐州九点烟，一泓海水杯中泻。"这里的"黄尘清水"正是"沧海桑田"的另一种表述。

→ 李贺（790—816），字长吉，河南福昌人，唐代著名诗人，世称"诗鬼"。他一生愁苦多病，仅做过3年从九品微官奉礼郎，因病27岁卒。李贺是中唐浪漫主义诗人的代表，又是中唐到晚唐诗风转变期的重要代表人物。

苏轼的潮海人生

人生到处知何似，应似飞鸿踏雪泥；
泥上偶然留指爪，鸿飞哪复计东西。
——苏轼《和子由渑池怀旧》

↑苏轼（1037—1101），字子瞻，号东坡居士，眉州眉山（今四川眉山）人。其文笔雄健，文章汪洋宏肆，是豪放派代表，诗词书画皆有造诣，与父苏洵、弟苏辙并称“三苏”，同为“唐宋八大家”。

他一生文名显赫，极近荣耀，仕途却变幻如潮水，浮沉起落。

他少年得志，本欲壮志报国，却宦海起伏不平。潮来潮往间，他寄情天下胜景，即便亲人远去，花甲之年还被远谪海南，却依然吟啸独行，苦中作乐。

他就是北宋大文豪苏轼。

苏轼一生宦游四海，饱览天下风光，写下了众多内容丰富、风格多样的诗词文赋。其中有很多以海洋为素材，或描摹大海风貌，或咏叹海洋神灵，或颂扬海洋风物，或借大海感悟人生。宋神宗熙宁四年（1071年），苏轼因反对王安石变法受到排挤，主动要求外迁，到杭州任通判。第二年，借监考贡举的机会，苏轼登上望海楼，观赏了著名的钱塘海潮，感慨不已，遂作《望海楼晚景五绝》。其中第一首便描绘了一幅壮丽的海潮图：

海上潮头一线来，楼前只顾雪成堆。
从今潮上君须上，更看银山二十回。

面对著名的钱塘胜景，诗人居高望远，眼前潮水一线而来，汹涌成堆，潮头变幻，白浪叠加。潮情海景，仿在眼前。

值得一提的是，苏轼第二次在杭州任上时还主持修建了西湖长堤，世称“苏堤”。14年后的秋天，苏轼被任上命为登州（今山东蓬莱）知州，这次他本以为自己能够一睹登州闻名天下的海市真貌，然而到任仅仅五天，他就被朝廷召回京城了，因此与海市无缘，甚是遗憾，但他的《登州海市》一诗却流传千古。虽然诗人并没有真正目睹海市的奇异，但却用自己丰富的想象描绘了海市的玄妙，令人回味无

钱塘江潮自古为天下奇景，历代文人墨客观潮后，留下了许多千古佳话。如唐代大诗人李白的《横江词》、刘禹锡的《浪淘沙》等。苏轼在杭州任通判三年，几乎年年都有描写钱塘江潮的诗文。如今，钱塘江潮依旧是中国著名的旅游景观，每年农历八月十六到十八都会有很多人慕名前来观潮，一睹大自然的雄伟壮阔。

穷，成为描写登州海市的名作。

而苏轼的这份豁达与超越，与其历尽人生坎坷、饱经世事沧桑的经历是分不开的。面对浩瀚的海洋，诗人常融入自己的身世飘摇之感、仕宦不定之情与年老体衰之叹，使我们在翻腾的海浪之中得以感受他的潮海岁月。

宋哲宗元祐六年（1091年），苏轼被召回京城任职。临行前，他曾写诗寄给自己的好友僧道潜，他在词的上片中写道：

> 有情风万里卷潮来，无情送潮归。问钱塘江上，西兴浦口，几度斜晖？不用思量古今，俯仰昔人非。谁似东坡老，白首忘机。

透过这首词，我们不仅可看出苏轼与僧道潜深厚的友谊，而且能品味出诗人大海般的豪壮情怀和乐观的人生态度。

遗憾的是，苏轼这次回京仕途并没有平坦，他依旧为人排挤，终在其60岁时被贬谪到远离大陆的海南岛。诗人再次经受了宦海沉浮，只余“眇观大瀛海，坐咏谈天翁。茫茫太仓中，一米谁雌雄”的叹息。

李清照的《渔家傲》与辛弃疾的《木兰花慢》

不徒俯视巾帼，直欲压倒须眉

天接云涛连晓雾，星河欲转千帆舞。仿佛梦魂归帝所，闻天语，殷勤问我归何处。 我报路长嗟日暮，学诗谩有惊人句。九万里风鹏正举。风休住，蓬舟吹取三山去。

——《渔家傲》

↑李清照（1084—约1151），号易安居士，齐州章丘（今山东济南）人，宋代著名婉约派女词人，有词集《漱玉词》。

李清照出身于书香门第，自小受家庭熏陶，博览群书，多才多艺，能诗词，善文赋，18岁时，嫁太学生赵明诚为妻。赵明诚是当时著名的金石学家。婚后，夫妻恩爱，志同道合，共同搜集研究金石书帖，留下了许多佳话。后赵明诚病卒，李清照南渡，流落江南。晚年，她备尝国破家亡、流离失所的惨痛和艰辛，词作凄苦哀伤，艺术上也更臻成熟，后人称赞她是文坛“不徒俯视巾帼，直欲压倒须眉”的一颗璀璨明珠。

在常人看来，李清照只是一位吟风弄月、顾影自怜的柔弱女词人，殊不知，她也曾身历国难，千里渡江，泛舟海上，颠沛流离于东南沿海一带。风雨飘摇、居无定所的日子，让这位纤弱女子除了婉约词作之外，也曾写下了如上面《渔家傲》这样的豪迈苍凉之作。

此词描绘了一幅海天一色的壮丽之景，意境阔大，气势

磅礴，与李清照以往的婉约词大不相同，难怪后人点评此词说不像女子之词，大有苏辛词派的作风。作者在词中想象出看似虚无缥缈的梦境，但也融入了自身真实的生活感受。在历经生命的离乱与坎坷之后，作者飘零无依，希望能借助万里鹏风把自己带到海外仙境中去，表达了乱世之中人们渴望结束颠沛流离生活的愿望。

壮志未酬空余恨

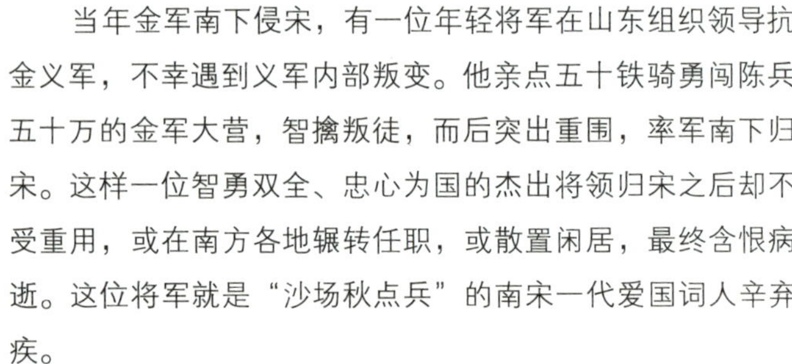
可怜今夕月，向何处，去悠悠？是别有人间，那边才见，光影东头？是天外空汗漫，但长风浩浩送中秋？飞镜无根谁系？姮娥不嫁谁留？　谓经海底问无由，恍惚使人愁。怕万里长鲸，纵横触破，玉殿琼楼。虾蟆故堪浴水，问云何玉兔解沉浮？若道都齐无恙，云何渐渐如钩？

——《木兰花慢》

↑辛弃疾（1140—1207），字幼安，号稼轩，历城（今山东济南）人。宋代著名爱国词人，与苏轼齐名，合称“苏辛”，与李清照并称“济南二安”。

当年金军南下侵宋，有一位年轻将军在山东组织领导抗金义军，不幸遇到义军内部叛变。他亲点五十铁骑勇闯陈兵五十万的金军大营，智擒叛徒，而后突出重围，率军南下归宋。这样一位智勇双全、忠心为国的杰出将领归宋之后却不受重用，或在南方各地辗转任职，或散置闲居，最终含恨病逝。这位将军就是“沙场秋点兵”的南宋一代爱国词人辛弃疾。

辛弃疾一生坎坷，光复故国的雄才伟略得不到施展，自己感慨空有一腔报国之志，遂发愤为诗，写下了众多抗金爱国的著作，其中多充溢着词人的报国之心、复土之志，但也有悲叹英雄无路、壮志难酬的悲愤之作。他的创作彰显了那个时代的鲜明特征，具有较高的审美价值。

宋孝宗淳熙元年（1174年），辛弃疾南渡之后，经时任

丞相叶衡的举荐，任仓部郎官一职。当年秋天，他在钱塘江观潮，写下了《摸鱼儿·观潮上叶丞相》一词，潮头涌上、吴儿弄潮的壮观景象跃然眼前。但词人没有因之喜悦，而是转而为国家前途忧伤，其心忧天下之情跃然纸上。面对海上中秋之月，想起破碎的河山，作者心绪难平，一骋思绪上天入海，从月宫玉兔到长鲸虾蟆，望月惆怅，不禁仿效屈原，向月发问，遂有上面的《木兰花慢》流传千古。

词人此番望月，不写悲欢离合，也不怀古伤今，单单纵横思绪向月发问，问得越深，其对南宋朝廷命运的忧虑越深；问得越悲，其对自己壮志难酬的悲愤越深。“了却君王天下事，赢得生前身后名。”辛弃疾纵有一腔报国热血，无奈请缨无路，壮志难酬——“青山遮不住，毕竟东流去。”

摸鱼儿·观潮上叶丞相 辛弃疾

望飞来、半空鸥鹭。须臾动地鼙鼓。截江组练驱山去，鏖战未收貔虎。朝又暮。诮惯得、吴儿不怕蛟龙怒。风波平步。看红旆惊飞，跳鱼直上，蹙踏浪花舞。　凭谁问，万里长鲸吞吐。人间儿戏千弩。滔天力倦知何事，白马素车东去。堪恨处。人道是、子胥冤愤终千古。功名自误。谩教得陶朱，五湖西子，一舸弄烟雨。

古代戏曲小说中的海洋文学明珠

元明清时期，工商业的发展与城市的繁荣使得市民阶层开始壮大，文学创作也更加面向现实，突出了个性与人欲，展现了时代的特征。这一时期的海洋文学得到了长足的发展，尤其是海洋戏曲和小说，因形式和内容通俗易懂，更贴近人们的日常生活，并融入了人们对于海洋生活的真情实感和鲜明独特的时代特征，受到了市民阶层的欢迎。

随着郑和下西洋壮举的实现，中国古代海洋文学再起高潮，创造了唐宋之后的又一个繁荣时代。

张生煮海

你本是玉女金童，投凡世淹留数载。石佛寺夜月弹琴，凤求凰留情殢色。许佳期无处追求，走海上失精落彩。遇仙姑法宝通灵，端的有神机妙策。配金丹铅汞相投，运水火张生煮海。则今朝返本朝元，散一天异香杳霭。

——《沙门岛张生煮海》

话说古代有位秀才，姓张名羽，表字伯腾，父母双亡，自幼读些诗书，尚未求得功名。一日，他去海边闲游，见东海边上的石佛寺十分清幽，欲借此清静之地来温习经史，求取功名。一天夜里，颇感寂寥的张生弹琴散心，恰巧被出来闲游的东海龙王的三女儿琼莲听到并心生眷恋，二人互相爱慕遂私定终身，约定八月十五结为连理。

谁料东海龙王却不答应这门婚事，将小龙女囚居龙宫。张生思念心切，便独自到海边寻访。可是大海渺茫，张生一介凡夫俗子怎能找到龙女呢？幸亏此时东华仙姑降临，传给张生煮海之术，并赠给他银锅、金钱和铁勺，让他煮沸海水，逼迫东海龙王招他为婿。张生得此法术遂在沙门岛上架锅扇火，煮得海水沸腾，火焰滚滚。龙王熬不过，只好请求石佛寺长老来与张生做媒，把龙女琼莲许配给张生，有情人终成眷属。

这就是元人李好古创作的著名元杂剧《沙门岛张生煮海》的故事。故事虽简短却表现出了那个时代人们希望突破礼教，与顽固势力抗争的反封建思想。张生在沙门岛煮海，逼得龙王无法忍耐，反映了人类与自然抗争的力量和战胜自

元代戏剧中的“并蒂双葩”

人神之恋是元杂剧的一个重要题材，除了文中提到的《沙门岛张生煮海》，元人尚忠贤创作的杂剧《洞庭湖柳毅传书》尤为突出，两者均以丰富的戏剧表现手法展现了人神之恋的真诚美好，被人们誉为元代戏剧中的“并蒂双葩”。

《洞庭湖柳毅传书》源于唐代李朝威创作的传奇《柳毅传》，但在尚忠贤手下，这篇杂剧更显曲折，情感更为真挚，人物性格鲜明，充满了浪漫色彩，为后人称道。

然的信心。剧中张生、琼莲对爱情和幸福的大胆追求充满了浪漫色彩，彰显了人物性格，是杂剧中人神恋爱题材中的杰出之作。作者李好古博学能文，全剧语言华丽、文采斑斓，关于海景的描述堪称一篇游海赋，对人物的刻画和场景的描绘更是出神入化，其中，龙女听琴和张生煮海两段场景的描绘，历来为人们称赞。

《沙门岛张生煮海》中的海景描写

【南吕一枝花】黑弥漫水容沧海宽，高崒嵂山势昆仑大。明滴溜冰轮出海角，光灿烂红日转山崖。这日月往来，只山海依然在。弥八方，遍九垓，问甚么河汉江淮，是水呵，都归大海。

【梁州第七】你看那缥缈间十洲三岛，微茫处阆苑蓬莱，望黄河一股儿浑流派。高冲九曜，远映三台，上连银汉，下接黄埃。势汪洋无岸无涯，出许多异宝奇哉。看看看，波涛涌，光隐隐无价珠玑；是是是，草木长，香喷喷长生药材；有有有，蛟龙偃，郁沉沉精怪灵胎。常则是云昏气霭，碧油油隔断红尘界，恍疑在九天外，平吞了八九区云梦泽，问甚么翠岛苍崖。

李渔的《蜃中楼》

> 莫谈尘世事，且看蜃楼姻。
>
> ——《蜃中楼》

与张生煮海的故事相似，唐朝就有一个柳毅与小龙女的爱情故事流传下来。当年洞庭湖龙女三娘远嫁给了泾川神君的二儿子泾河小龙，但婚后却受到了丈夫和公婆的虐待，被罚在荒野放羊，恰逢科考落第的书生柳毅在回乡途中经过泾阳，于是向他诉说了自己的不幸遭遇。柳毅义愤填膺，主动替她去洞庭湖传递家书。洞庭龙王的弟弟钱塘君性格暴烈，在得知侄女的不幸遭遇后勃然大怒，直冲到泾阳杀死了虐待龙女的泾河小龙，救回龙女。刚回到洞庭，钱塘君便强迫柳

↑李渔（1610—1680），字谪凡，号笠翁，南直隶雉皋（今江苏如皋）人，明末清初文学家、戏曲家，曾经评定《四大奇书》。李渔嗜食螃蟹，人称“蟹仙”。著有《凰求凤》、《玉搔头》、《闲情偶寄》等。著名的传统绘画教材《芥子园画谱》因成书阶段得到了李渔的大力支持，故以其居所命名。画谱编者之一沈心友是李渔的女婿。

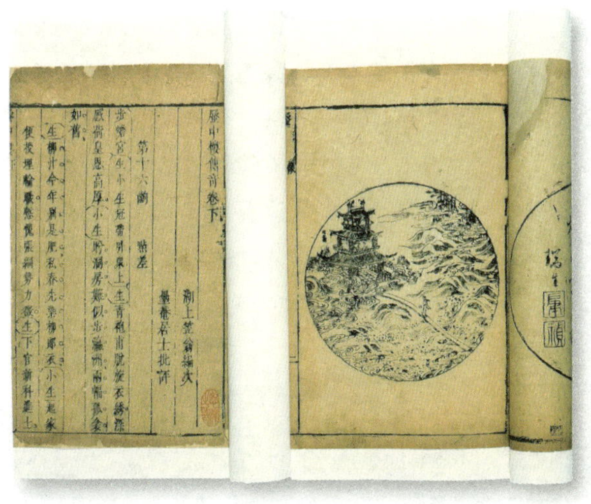

蜃中樓傳奇卷下

湖上笠翁編次

睡鄉居士批評

第十六齣

↑《蜃中楼》

↑柳毅传书

毅与龙女成亲，态度相当蛮横。柳毅本是出于道义去报信救人，并没有私心，因此不欢而散。但是龙女对柳毅已经产生了爱慕之心，最后还是在父亲的帮助下，与柳毅终成眷属。

这个故事在唐代李朝威的传奇小说《柳毅传》中形成之后，历来为人们所喜爱，柳毅的见义勇为、龙女的温柔贤淑以及钱塘君的爱恨分明都给人留下了深刻印象，以至后来不断有人改编。其中，值得一提的是清代大戏剧家李渔，他不仅改编了柳毅传书的故事，而且融入了元代杂剧张生煮海的情节，综合而成《蜃中楼》。

《蜃中楼》不言柳毅施恩和龙女报恩，而是走上了才子佳人的爱情套路。这在一开篇就已然露出端倪——“莫谈尘世事，且看蜃楼姻”，接下来的故事概要则更清楚地向我们展示了《蜃中楼》的爱情发展路线。

柳子无妻，张生寡侣，两人义合同居。有龙宫二女，蜃阁凭虚。忽遇仙人接引，心肯处，四偶相俱。遭狠叔，势凌犹女，别许陈朱。悲呼，不偕俗侣，甘牧羊堤上，贬作佣奴。幸多情泣遇，泄恨传书。露衷曲，良缘终阻。遇神仙，别授奇谟。三兄弟，计穷煮海，献出双姝。

潼津书生柳毅与张羽是好友，二人都才气过人，尚未娶妻。为觅得意中人，二人外出寻游。洞庭龙王去东海为兄长东海龙王祝寿，携女儿舜华与兄弟钱塘君同行。舜华在东海见到了东海龙王之女琼莲，堂姐妹俩同感龙宫寂寞，欲往东海边游玩，东海龙王便命虾兵蟹将嘘气吐涎，在海上结成一座海市蜃楼以供两姐妹游玩。赶巧柳毅告别好友张羽到东海访友，也想登上蜃楼游览，二女便设法架一长桥助其上楼。柳毅对舜华一见钟情，欲娶之为妻，并请琼莲嫁给张羽。两对才子佳人交换信物，私定终身。无奈，钱塘君与泾河龙王交好，已将侄女舜华许配泾河龙王天性痴傻的儿子小龙。舜华誓死不嫁，被泾河龙王发去泾河岸边放羊。张羽从柳毅处得知其与二女相遇及私定终身之事非常高兴，断定二人皆是龙女。之后，柳、张二人参加科举考试，都中了进士。柳毅巡查泾河时遇到了牧羊女舜华，得知其遭遇后欲帮他去洞庭龙宫报信，因公事在身，张羽代他前往。钱塘君见信后勃然大怒，率水兵火将斩杀了泾河小龙，将舜华救回，并命张羽、舜华二人成婚。张羽不从，在东华上仙的帮助下来到东海之滨的沙门岛，用锅煮东海水，海水渐热渐干，令东海龙王等无处安身，只得交出舜华和琼莲，让她们分别与柳毅和张羽完婚。

↑龙女

柳毅、张生和两位龙女本就是天造地设的才子佳人，经历了千辛万苦，方得到大团圆的结局。故事情节跌宕起伏，情感真挚热烈，人物形象鲜明，龙女早已摆脱了神仙的超凡脱俗而拥有了凡人的喜怒哀乐。这是那个时代人们内心的一种渴望，也是千百年来柳毅故事发展的一个必然，中国古代海洋文学终于有了一种实实在在的生活气息，更加贴近人们的现实生活。

“八仙过海”与《西游记》

> 正是八仙同过海，独自显神通。
>
> ——《西游记》

生活中的“八仙”印象

八仙在民间流传已久，他们寄托了人们对幸福和美好世界的朴素追求。千百年来，八仙的故事已深入人心。

明代出现的青花瓷上已有八仙祝寿的图案，旧时娶亲的花轿上也有八仙造型，过春节时蒸的花糕、挂的壁画上也都有栩栩如生的八仙形象，就连日常为人们所喜爱的方桌也被叫做“八仙桌”，由此可见八仙在人们心中的地位及其影响。

“八仙过海”的故事在民间早有流传。从汉代到明代，八仙的名字和故事虽有流传，但大都不固定，直到明人吴元泰创作了《东游记上洞八仙传》，“八仙”的名称和事迹才固定下来，并逐渐形成了我们今天所熟悉的八仙故事。

据说当年李玄最先得道成仙，人称“铁拐李”，他先后度得汉钟离、吕洞宾成仙，而后又与吕洞宾一起将韩湘子和曹国舅度为神仙。他们五人与分别得道成仙的张果老、蓝采和、何仙姑三人并称“八仙”。

一日，“八仙”受王母邀请共赴蟠桃盛会，在归途中众人来到东海岸边，见潮头汹涌、巨浪滔天，吕洞宾认为仙家乘云过海，显不出自身的本事，便提议大家分别将一物投入海中，各显神通乘此物渡海。于是，铁拐李将自己的铁拐投入海中，乘风而去；汉钟离把拂尘置于海面，踏之而行；张果

老以纸驴投入海水中，骑驴而走；吕洞宾掷箫管于水中，立之而渡；韩湘子、何仙姑、蓝采和、曹国舅则分别以花篮、竹罩、拍板、玉版投入水中而渡。如是，“八仙过海”的故事就这样为人们所接受并流传开来。

纵观有关八仙的故事，无论是“八仙过海”还是“火烧东洋”抑或是“推山筑海”，都与海洋关系密切，可以说，这是由人们的涉海生活和对神仙世界的向往而产生的。

与“八仙”神话一样，“美猴王”的故事也可谓家喻户晓。在充满了海洋气息的古代名著《西游记》中，作者吴承恩塑造了一位神通广大、疾恶如仇却又言谈诙谐、举止可爱的美猴王形象。他一出生就与大海结下了不解之缘：

海外有一国土，名曰傲来国。国近大海，海中有一座名山，唤为花果山。此山乃十洲之祖脉，三岛之来龙，自开清浊而立，鸿蒙判后而成。

美猴王出生在海中一个仙岛上，出世之后便独自乘筏，漂洋过海去拜师学艺了。后来历尽艰辛学成归来的他在老猴的劝说下到东海龙宫去寻件兵器，如此便上演了一出精彩的“美猴王龙宫借宝”。

美猴王听说东海龙王那里收藏了很多兵器，便去向他讨要一个使用，结果美猴王左挑右选，总找不到合适的，最后在龙婆、龙女的提醒下，找到了定海神针。美猴王见这定海

神针金光万道，且能随意变换长短粗细，甚是中意，不禁手舞足蹈地耍起这根“如意金箍棒”来，直“唬得老龙王胆战心惊，小龙子魂飞魄散，龟鳖鼋鼍皆缩颈，鱼虾鳌蟹尽藏头”。

如此一个天地不怕、人神不惧的美猴王形象，展现了人们敢于反抗专制统治的斗争精神和积极乐观的人生态度，历来为人们所喜爱。

哪吒闹海

哪吒闹海的故事出自许仲琳的《封神演义》。哪吒的出生与众不同，母亲怀胎三年有余，却生下一个肉球，父亲李靖用剑劈开肉球，哪吒才得以出生。但他天生奇异，法力无边，又有乾坤圈、混天绫护体，真正是个小神童。一天，他在东海口洗澡，搅动得东海龙宫摇晃不停，巡海夜叉和东海龙王的三太子出来问罪，却被小哪吒打得头破血流，三太子还被抽掉了龙筋。得知这个消息的东海龙王勃然大怒，遂到陈塘关前兴师问罪，声称要水淹陈塘关，杀害这里的几十万黎民百姓。小哪吒不愿牵连父母和陈塘关百姓，于是自杀谢罪。后得太乙真人相救，以荷叶、莲花为体，得以重生。后来脱胎换骨的小哪吒大闹东海，砸了龙宫，捉了龙王，哪吒的故事也在民间流传开来。

《三宝太监西洋记通俗演义》

春到人间景异常，无边花柳竞芬芳。香车宝马闲来往，引却东风入醉乡。酾剩酒，卧斜阳，满拼三万六千场。而今白发三千丈，还记得年来三宝太监下西洋。

——《三宝太监西洋记通俗演义》

↑郑和（1371—1433），原姓马，小字三宝，后入宫为太监，明成祖御赐“三宝太监”的名号。

为扩大海外交流，向海外宣扬明朝国威，明朝永乐三年（1405年），明成祖命郑和率领240多艘海船、27400名士兵和船员组成远航船队，开始了第一次远洋航行。

郑和船队从刘家港出发，穿越马六甲海峡，横跨印度洋，直达非洲东海岸、波斯湾和红海地区，沿途访问了亚洲、非洲的多个国家。而且从明永乐三年到宣德八年（1405～1433年），郑和率船队先后七次远渡重洋，不仅展示了明朝前期强盛的国力，还加强了同亚非多个国家的政治经济往来，促进了中华文明的传播，这是中国古代历史上的一次伟大壮举，也证明了中国的远洋航行曾处于世界领先地位。

郑和下西洋不仅在政治、经济上给明朝带来了巨大的影响，在文化上也大大开拓了国人的视野，为明代海洋文学提供了新的素材和内容。《三宝太监西洋记通俗演义》就是明万历年间罗懋登以郑和下西洋为题材创作的一部著名小说。

小说生动描绘了郑和下西洋的壮举，虽是部文学作品，但仍从侧面反映出当年海上航行的景象：

宝船开去，沿海而行，每日风顺，行了一向，日上看太阳所行，夜来观星观斗，不见星斗，又有红纱灯指路，因此上昼夜不曾下篷。

由此可见，当时国人已经精通航海技术，懂得利用海洋水文和气象来行船。郑和船队昼夜行驶在茫茫大海之上，日观太阳，夜观星斗，如此来辨别方向保证航行。书中还穿插了神魔故事和奇闻异事，读来令人耳目一新，如“宝船厂鲁班助力 铁锚厂真人施能”一章，作者把近乎无法完成的宝船建造工程通过鲁班显灵来实现，充满了浓郁的民间气息和神话色彩。

郑和下西洋与建文帝

明代洪武之后，继位称帝的是朱元璋的孙子朱允炆。但建文帝在位仅四年（1399～1403年），其四叔朱棣，也就是后来的永乐皇帝，就发动了“靖难之役”，指挥大军南下，攻陷了明朝京师南京城，建文帝在宫廷大火中不知所踪。这让朱棣深感不安，恐生后患，于是暗地派人四处搜寻。据说，郑和下西洋也承担了这一秘密任务，但是郑和等人的明察暗访，并没有找到建文帝的任何踪迹。如此一来，建文帝就如人间蒸发了一样，成为明朝历史上一个耐人寻味的谜团，至今仍未有定论。

↑ 宝船模型

《聊斋志异》中的“中国版鲁滨逊”

有志者，事竟成，破釜沉舟，百二秦关终属楚。
苦心人，天不负，卧薪尝胆，三千越甲可吞吴。
——蒲松龄

↑蒲松龄（1640—1715），字留仙，一字剑臣，号柳泉，世称“聊斋先生”，山东淄博人。

“鬼狐有性格，笑骂成文章”，我们当然还记得那个曾在路旁设座摆茶，让往来行人歇脚解渴的蒲松龄。科场不顺的他一生贫困，只喜与人畅谈古今、搜奇寻异，长期搜集和积累的民间故事，经过巧妙安排和精心创作，写就了中国古代“短篇小说之王”——《聊斋志异》。

蒲松龄喜爱鬼狐风流，对当时海外的奇闻异事自然也不会放过，《聊斋志异》中不少篇幅都有关于海上风物、海外趣闻、海岛历险的描写，包括海大鱼、海市见闻、凶残的“海公子”以及凶猛的夜叉等。其事虽古怪，但能比较全面地体现中国古代海洋小说的叙事形态。

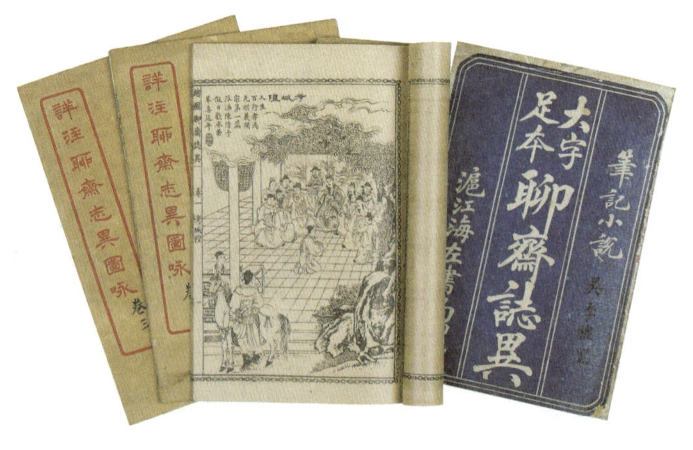

《聊斋志异》中有很多出海经商的商人遇难来到异国荒岛，几经辗转而侥幸生还的故事。其中的《罗刹海市》比较有代表性。一个名叫马骥的商人身形俊朗，一次出海做生意时遇到了大风浪，落水之后辗转漂到了一个岛国。岛上的人全都面相丑陋并以丑为美。当人们见到长得英俊潇洒的马骥时，都以为他是会吃人的妖怪，纷纷躲避。于是，他来到了穷苦的乡下，却发现乡下人长得还有些人的模样。在这里，他才知道这个奇怪的国家叫“大罗刹国”，这里的人们美丑颠倒，人越丑越能做大官，不丑的就只能当贱民。一次偶然的机会，马骥用炭把自己的脸涂得像张飞一样黑，大家以为非常美，并劝说他以这样的脸面去拜见宰相必能得到重用，结果不仅宰相十分喜欢，还把他举荐给了大罗刹国的国王，并封他为下大夫。但时间一长，罗刹国的人们知道了马骥的脸其实是涂出来的，因而对他渐渐疏远，不愿与他再交往。马骥也感到十分尴尬，借机乘船离开了大罗刹国，来到另一个奇异之邦——“海市”。在这里，他没有像在

海市蜃楼

海滨故无山，一日，忽见峻岭重叠，绵亘数里，众悉骇怪。又一日，山忽他徙，化而乌有。相传海中大鱼，值清明节，则携眷口往拜其墓，故寒食时多见之。

——《聊斋志异·海大鱼》

海面上本没有山，但有时会无故兴起绵延数里的崇山峻岭，或呈现出巍峨的亭台楼阁，有时甚至人物都历历在目。中国古人早就发现了这种现象，在诗文中多有描述记载，并将之归因于一种海洋生物蜃吐气而成亭台楼阁，因而得名“海市蜃楼”。

其实，海市蜃楼只是大气折射阳光形成的一种自然现象，是地面上物体反射的光经大气折射而形成的虚像。只是在那个科技尚不发达的年代，人们还不能用科学知识来解释，只能将之想象为仙境，并引发了许多人渡海求仙的愿望。“海市蜃楼”由此也成为中国古代海洋文学的一个特殊题材。

大罗刹国那样仕途不顺，而是受到了很好的礼遇，并且坐到了驸马都尉的位子上，过着荣华富贵的日子。可是长时间离开故土家园，马骥十分思念家乡亲人，最后还是舍弃了“海市”的荣耀，踏上了归程。

《罗刹海市》中，作者对罗刹国美丑颠倒、不合常理情况的描写，实际上是对当时封建社会的一种猛烈抨击。这在文章结尾“异史氏”的一段评论中表现得淋漓尽致：

> 花面逢迎，世情如鬼。嗜痂之癖，举世一辙。“小惭小好，大惭大好”，若公然带须眉以游都市，其不骇而走者盖几希矣。彼陵阳痴子，将抱连成玉向何处哭也？呜呼，显荣富贵，当于蜃楼海市中求之耳。

面对当时社会的虚假丑恶，蒲松龄不禁发出了“世情如鬼”的感慨。人们要想在那个时代生存下来，就必须以“花面逢迎”，违背自己的意愿与良知才行。而真正有才有德的人却不知去何处哭诉自己的苦闷与忧伤，也许只有去那虚无缥缈的海市蜃楼里才能寻得到荣华富贵吧！

整部《聊斋志异》，描写商人出海遇到海外奇异之国的不仅《罗刹海市》一篇，《夜叉国》中同样描述了一段曲折离奇的故事。

交州有个商人徐某在一次出海经商的途中，被大风吹到了一个海岛上。他以为这个岛上会有人居住，于是背上了粮食和肉食弃船登岛，可是当他刚刚登上海岛就发现这是个奇异的海

岛，上面布满了洞穴，里面还有两个夜叉正在吃生肉。他十分害怕，想要逃脱可是已经来不及了，夜叉抓住了他并且要生吃了他。情急之下，徐某拿出自己随身携带的熟食给夜叉们吃，结果夜叉们觉得熟食很好吃，就留下了他的一条命，并把他囚禁在山洞里，让他为夜叉们煮熟食吃。时间一长，徐某获得了夜叉们的信任，夜叉国国王生日的时候，吃了他做的烤肉，还赏赐给他数十颗价值不菲的夜明珠。夜叉们不仅不再限制徐某的自由，而且还将一位女夜叉许配给他，婚后两人也能相敬如宾，共同养育了两男一女。奇怪的是他们孩子的长相都不像夜叉，除了有天生神力之外与人类无异。但久而久之，商人还是思念家乡，一天趁众夜叉外出，他携带着自己的大儿子扬帆回国。回国后，他给自己的大儿子起名叫徐彪，因为天生神力，徐彪在军队里如鱼得水，十几岁便当上了副将。

后来，一次偶然的机会，另一位商人也遭遇了海难，辗转来到了夜叉国，被徐某在夜叉国的二儿子捉住后，偷偷放走，并请商人带口信给徐彪，告知母亲、弟弟和妹妹的消息。经过许多波折后，徐彪将夜叉国的家人带回了大陆，与自己和父亲团聚。这样奇异的一家人在战场上屡建奇功，成为一段佳话。

蒲松龄在《夜叉国》中没有丑化夜叉，而偏偏把“母夜叉”和夜叉的孩子们描写得精明能干、爱憎分明，还能建功立业，这不能不说是个大胆的想象。

迷人的蔚蓝

——中国现当代海洋文学

五四新文化运动之后，中国文学告别了古典时代，进入现代。这个时期海洋文学的最大特点就是以“人”为本。冰心是首个以海为题、书写大海的现代作家。她以清新淡雅的笔触，以孩童般纯洁的心讴歌着大海。在大海中，她寻找到了人生的主题——爱。

中国文学进入当代文学时期，十年浩劫使不断追问人生意义的海洋文学戛然而止。20世纪80年代，王蒙发表了知识分子的精神之歌《海的梦》，邓刚发表了重塑“男子汉气概”的《迷人的大海》。两部作品洋溢着积极向上的精神和超越痛苦的努力，在大海的波涛中，在历史的废墟上，高唱知识分子的精神之歌，重塑自由、开拓、奋进的新时代精神。

胸中海岳梦中飞

——冰心的海洋诗话

海的西边，山的东边，我的生命树在那里萌芽生长，吸收着山风海涛。每一根小草，每一粒沙砾，都是我最初的恋慕，最初拥护我的安琪儿。

——《往事（一）》

如果你要问，在20世纪中国文学史上，哪位作家与大海的关系最为亲密，我们最先想到的或许就是大海的女儿——冰心。冰心出生于福建福州，父亲曾是参加过甲午海战的名将。4岁时，冰心随家人一起迁居到山东烟台，在辽阔而又宁静的大海边，度过了人生中重要的8年。大海的温柔与沉静、虚怀与广博在她的创作与人生中体现得淋漓尽致。1999年冰心去世的时候，陪伴她离开的是用管弦乐器演奏出来的大海的波涛声和海鸥的鸣叫声，因为人们知道，她是海的女儿，大海是她最想回去的地方。

↑冰心（1900—1999），原名谢婉莹，中国现代文学史上以写“大海”、“爱”和“童年”而闻名的女作家。

冰心写下了许多以海为题的诗歌和散文，如《繁星》、《往事》、《说几句爱海的孩子气的话》等。《往事》是冰心为自己的22岁所画的生命图景，她画的第一个关于生命的圆就是大海。冰心搜寻着童年生活在烟台海边的痕迹：远立的灯塔，深远的波涛，马上看到的海边的黄昏，和弟弟们在大海边的谈话……这些有关大海的记忆在冰心那带着些许轻愁的笔下显得清淡如水。《往事》中的大海有静默凄暗，也有惊涛骇浪，但无论何时，冰心都对它饱含深情。

以海为师是冰心《往事》的另一个主题，她表示，“我只

大海呵！
哪一颗星没有光？
哪一朵花没有香？
哪一次我的思潮里
没有你波涛的清响？
——《繁星·一三一》

希望我们都像海”，做个“海化”的青年，胸怀广阔，目光遥远。冰心将对大海的热爱，渐渐转化为对生命的理性思考——这个爱海的孩子，这个海军将领的女儿，这个“海化”的诗人，自觉地将大海自由、广博的精魂转化为自身的力量。

无论是散文还是诗歌，冰心笔下的海都嗅不到粗犷、残忍、凶险的味道，也许真如梁实秋所说，“她憧憬的不是骇浪滔天的海水，不是浪迹天涯的海员生涯，而是在海滨沙滩上拾贝壳，在静静的海上看冰轮作涌”。

冰心笔下的大海之所以宁静柔美，除去因为她身为女性，在情感上天然就带着细腻和温柔外，还与她对人生的理解有关。冰心成长于一个和美的家庭，父慈母爱，她自己也经历了中国社会从“五四”到新时期的变迁，无论身处何种环境，她都一直坚信，“爱”是医治所有不幸的良药。她的爱化作海洋文学中的一股暖流，温暖了一个世纪的人们。

始于大海的世纪之恋

冰心一生与大海有着不解之缘，她的童年开始于大海，连爱情也萌芽于海上。1923年，已经出版了诗集《繁星》和小说集《超人》的冰心，踏上了开往美国的邮轮“杰克逊”号，准备赴美留学。当船上所有的人都对她客气有加的时候，有一个青年却问她是否读过一些评论拜伦和雪莱的书籍，还说如果在国外不多读一些课外书，那么就等于白去了。初次见面就如此坦率，冰心对这位青年颇为欣赏。经过船上两个星期的相处，冰心觉得与这位青年格外投缘，于是下船后给他写了一封信，从此两人开始鸿雁传书，相知相恋。这位青年就是与冰心一起走过60多年生命旅程的丈夫——吴文藻。1986年在吴文藻去世一年之后，冰心忍痛写下了怀念丈夫的散文《我的老伴——吴文藻》，记下了这段萍“海”相逢的世纪恋情。

↑冰心和吴文藻婚礼时与嘉宾的合影

知识分子的精神之歌

——王蒙的《海的梦》

↑王蒙（1934— ），生于北京，当代著名作家，曾任文化部部长，著有《组织部来了个年轻人》、《海的梦》、《活动变人形》、《王蒙文存》、《老子的智慧》等。

> 爱情，青春，自由的波涛，一代又一代地流动着，翻腾着，永远不会老，永远不会淡漠，更永远不会中断。它们永远和海，和月，和风，和天空在一起。
>
> ——《海的梦》

《海的梦》发表于1980年第6期的《上海文学》，讲述了翻译学家缪可言在“平反”之后，前往少年时就向往的大海以圆自己多年来的梦想的故事。

缪可言出生在内陆，远离大海，但是从小熟读外国文学的他，对大海有着一种莫名的崇拜，连年轻时最爱唱的两首歌也是关于大海的——

从前在我少年时
发未白气力壮
朝思暮想去航海
……
但海风使我忧
波浪使我愁
……

我的歌声飞过海洋……
不怕狂风，不怕巨浪，
因为我们船上有着，
年轻勇敢的船长……

象征自由和浪漫的大海构成了他的青春和对爱情的想象，他总觉得自己焦渴的灵魂时刻被海洋召唤着。然而，“文革”阻断了他关于海的梦，他被冠以“特嫌”和“恶攻”的帽子，长期被关押、迫害，直到52岁才被“平反”。

没有青春、没有爱情、没有家的缪可言“平反”之后在组织的关照下终于如愿去海边休养，见一见少年时代就向往的大海。然而当他面对大海时，他才感到人生的残酷，才意识到一生只有一次的青春被一个时代剥夺之后，再也不可能重来的痛苦，他只能悲怆地喊道：

> 大海，我终于见到了你……经过了半个世纪的思恋，经过了许多磨难，你我都白了头发——浪花。

就在他明白自己的青春激情已经不再的时候，他突然看到在他刚才游海折返的地方，有两个年轻人继续向他不敢问津的地方游去，他看到这一代又一代的相承和延续，他那令人悲怆的“小我”仿佛又与大海、天空、人类融为一体，重新产生了力量。

从少年时将大海与激进浪漫的理想相连，到青年、中年失去自由时将大海作为一个遥远的梦，再到晚年真正面对大海时，对民族历史和个人苦难冷静而平和的思索，《海的梦》展现了一个知识分子在一段苦难岁月中对无常人生的思考。大海对缪可言来说是压折了的梦，当他看到青春、自由在大海中延续，看到大海依旧奔腾不息，这个饱经沧桑、被历史弄得一无所有的知识分子，终于获得了精神上的复活——甚至是超越。缪可言的海之梦其实正是王蒙用理想主义的笔调谱就的中国知识分子的精神之歌。

海上“硬汉”

——邓刚的《迷人的海》

↑邓刚（1945— ），出生于大连，1983年发表小说《迷人的海》，获全国优秀中篇小说奖。王蒙将1983年称为“中国文坛邓刚年”。

> 风停止了吹拂，浪停止了波动，鸟不语，山无声，老海碰子屏住了呼吸——一切都在庄严地等待。
>
> ——《迷人的海》

在大连的海边有一种叫做“海碰子”的粗野行当，身强力壮的水手，穿着橡皮鸭蹼，拿着锋利的鱼枪，潜到冰冷的海底，在犬牙交错的暗礁丛中捕捉海参、鲍鱼、黑鱼……他们多是海边的捕捞高手，身怀绝技，在水下能睁着眼睛捕鱼捉蟹。危险常常相伴他们的左右，礁石碰撞会使他们血肉模糊，激流随时有可能把他们拉入死亡的深渊，鲨鱼也有可能令他们命丧黄泉。20世纪60年代初，为了解决温饱问题，当时一些水性好的年轻人常在夏秋两季潜入水中打捞海带、海芥菜等。

邓刚就曾是这些与死亡离得很近的“海碰子”中的一员。也许就是因为这种刻骨铭心的人生经历，从海上而来的邓刚在新时期写出了《迷人的海》这样深具“海味”的作品。

中篇小说《迷人的海》描写了一老一小两个“海碰子”为了寻找隐藏在大海深处被凶狠的错鱼守护着的宝物，一次次向大海深处逼近的故事。小说中，老“海碰子”的形象格外引人注目——他身材魁梧，稳重老练，有着被冰冷的海水和灼烫的烟泡磨得伤痕累累的身躯。他鄙视平静的海湾，追求充满危险的、有着暴烈性格的“男子汉的海”。他不愿意过平庸的、碌碌无为的人生，所以，即使他的面目被黏液灼烧得模糊不清，他也要做个将生命抛进浪涛里去碰大运的“海碰子”。老“海碰子”来到凶险的“火石湾”，他要寻找他的爷爷、父亲以及世世代代的“海碰子”付出生命也没有找到的东西——隐藏在深海处的珍宝，那是他作为一个“海碰子”最大的光荣，为此他甘愿让一切感情枯萎。在老“海碰子”踌躇满志等待时机的时候，一个小“海碰子”悄悄地来到了这里，他穿着老“海碰子”看不惯的紧身衣，带着一杆闪亮的鱼枪。刚开始他们互相看不上对方，时间一长却渐渐看到了对方的闪光之处，找到了他们对生活相似的态度——生活就是要不断在风浪中苦斗，在苦难中挣扎。当他们并肩扎进波涛滚滚的大海时，我们仿佛看到了希望。

《迷人的海》是一首对大海和与大海奋力拼搏的“海碰子”的赞歌。一代代的“海碰子”在充满风暴的大海上，用青春、鲜血去追寻自己心中的理想。老“海碰子”对理想始终如一的追求，与命运顽强拼搏的精神常常使人想起海明威的《老人与海》中的桑提亚哥，他们的身上同有一种男子汉的气概。《迷人的海》中的大海与其说是不可预测的黑洞，不如说是光明的象征，人类最终会通过征服它来证明自己的价值。这种乐观的情绪，与20世纪80年代纠正“文革”的历史错误后人们心理上的变化有关。 人们需要建立对社会、对人性的信任以及对理想的信念，邓刚以一种纯净的、诗意的、理想主义的笔墨，为我们描述了洋溢着信念力量的大海。

↑1984年，根据邓刚小说改编，王枫导演、张丰毅主演的电影《碰海人》上映，风靡一时。

外国海洋文学

大海对于靠海生活的西方人来说，不是传说，而是现实的生活；不是诗歌，而是心中自然流露的诗意；不是冒险故事，而是生而就有的冒险精神；不是镁光灯下的戏剧舞台，而是阳光和月光都曾照耀过的心灵之所……

古希腊海洋神话

古希腊文明是海洋文明的发源地。在古希腊的神话传说中，无论是神还是人，都具有自由奔放、独立不羁、狂欢取乐、享受现世的精神特征。而在困难面前，他们又表现出百折不挠的进取精神。这种矛盾在海神波塞冬的身上有着充分的体现，这与古希腊人生活的海洋世界不无关系。海洋世界的博大开阔使古希腊人对自由无限渴望，把握自己的命运、享受短暂的人生成为古希腊文学中“人本思想”的最初动机，这也成为西方海洋文学的基本内核。

《荷马史诗》中，古希腊神话对自由、对个性、对享乐的强调，则转变为对能够在追求荣誉、光荣过程中自觉承担痛苦的英雄的歌颂。荷马笔下的俄底修斯在海上历经了十年的漂泊，承受着巨大的痛苦，然而为了光荣地返回故土，他从未屈服。尽管个人的荣誉和尊严高于一切，然而古希腊人明白，当为了崇高的梦想陷入命运的大网之后，必然会有痛苦和困难，这是荣耀的代价。荷马用他精湛的语言技巧和深邃的思想，塑造了那片拥有英雄的大海。

古希腊神话中的海神

——独立不羁的波塞冬

> 我们环绕着大海而居，如同青蛙环绕着水塘。
>
> ——〔古希腊〕柏拉图

↑ 在古希腊神话中，海神波塞冬是大海的守护者和统治者。

在古希腊神话中，最著名的海神是有着长长的卷发和蓝宝石般深邃的眼睛，手持三叉戟，头戴海草王冠的波塞冬。他是天神宙斯、天后赫拉和冥王哈得斯的兄弟，当年他和哈得斯一起协助宙斯推翻了克洛诺斯的统治，因此宙斯将海洋交给波塞冬统辖。波塞冬生性潇洒，自由随性，喜欢一切美的事物。他居住的宫殿富丽堂皇，由五光十色的珍珠贝壳镶嵌而成，海底各种美丽的植物都能在他的花园中找到。波塞冬出门总是驾着马车，如同一个翩翩的侠客，驰骋于海上，呼风唤雨，鲸鱼们倾巢出动，海豚们一片欢腾。

实际上，波塞冬的内心并不像他表现出的那么潇洒。尽管他居住在深海中，却时刻都在窥伺宙斯的一举一动，他自信有足够的力量推翻宙斯的统治，称霸世界。后来他同赫拉、雅典娜计划一起推翻宙斯，阴谋被识破后，宙斯罚他和阿波罗去修建特洛伊城墙。波塞冬是一个将个人的荣誉和尊严看得极重的人，因此尽管修筑城墙是一种惩罚，但是波塞冬还是恪守职责，一丝不苟。特洛伊的国王拉奥墨冬曾经答应他，只要城墙修好，就会给他相应的报酬。可是，当波塞冬辛辛苦苦干了12个月将壮丽的城墙修好后，拉奥墨冬却矢口否认，还扬言要割掉波塞冬和阿波罗的耳朵。波塞冬有着强烈的报复心，他不能忍受任何不义之举，因此和特洛伊从此结下了不可和解的仇恨。

他先是在特洛伊的海里造了一个海怪，海怪所到之处，无论人还是物都会荡然无存。最后，拉奥墨冬只得将自己的女儿赫西俄涅献出，以平息波塞冬心中的怒火。然而在特洛伊战争中，波塞冬又坚决地站在阿尔戈斯人一边，并帮助他们打败了特洛伊人。他有仇必报，但是在行动中仍然尽力保持公正，如当阿波罗变形为吕卡翁，鼓励埃涅阿斯和阿基琉斯敌对时，赫拉准备发动众神参战，波塞冬认为赫拉的做法不公平而拒绝参加。当宙斯命令他退出帮助阿开亚人的战斗时，波塞冬尽管旗帜鲜明，内心充满了不服气的劲儿，但是在个人利益和社会责任相冲突的时候，忠于自我、个性张扬的波塞冬还是选择了服从，承担起个人对社会的责任。

古希腊神话有着神人同形同性的特点，因此在波塞冬的身上，我们可以捕捉到古希腊人作为海洋民族的精神——独立不羁，崇尚自由和力量，富有冒险精神，充满生命的激情。同时，波塞冬身上占有欲强、报复心强、好斗、贪婪的弱点也反映出古希腊人对大海灾难性的理解。大海对他们来说，既是生之所依，又是他们心头所痛。然而在悲与喜之间，乐观向上、想哭就哭、想笑就笑的古希腊人依旧在大海中放逐着他们的希望，追随着幸福的航向。

俄底修斯的返乡之路

——荷马史诗《奥德赛》

> 不过我仍然每天怀念我的故土，
> 渴望返回家园，见到返归那一天。
> 即使有哪位神明在酒色的海上打击我，
> 我仍会无畏，胸中有一颗坚定的心灵。
> 我忍受过许多风险，经历过许多苦难，
> 在海上或在战场，不妨再加上这一次。
>
> ——《奥德赛》

↑ 荷马（前873—？），古希腊盲诗人。相传记述公元前12世纪至前11世纪特洛伊战争及有关海上冒险故事的古希腊长篇叙事代表作史诗《伊利亚特》和《奥德赛》，就是他根据民间流传的短歌综合编写而成。

当诗歌遇到大海

诗是人类最美丽的语言，当人类还处于原始的氏族社会，还不会用华丽的辞藻掩盖思想的贫乏时，诗歌与大海结合在一起是什么样子？也许，荷马史诗《伊利亚特》和《奥德赛》能够告诉我们答案。

《伊利亚特》和《奥德赛》都取材于真实的历史。公元前12世纪末，希腊联军与小亚细亚的特洛伊人爆发了为期十年的部落战争。这场战争使许多无辜的人流离失所，但是在从原始氏族社会步入奴隶社会的时代，人们将集体的荣誉和个人的尊严看得无比重要。流血没有使当时的人们反思战争的残酷，它引起的更多的是对战争英雄的膜拜。在希腊和小亚细亚一带流传的歌颂特洛伊战争英雄的短歌，成为《伊利亚特》和《奥德赛》的雏形，经过民间歌手的传唱和加工之后，在公元前9世纪至公元前8世纪，由盲诗人荷马编定为《荷马史诗》。《伊利亚特》讲述了由一个金苹果引发的特

洛伊战争最后一年的51天里发生的事情。希腊联军的将领、伊塔卡城邦的国王俄底修斯想出了一个攻破特洛伊城的好主意，他命人造了一个巨大的木马，将它故意遗弃在战场上。轻敌的特洛伊军将其当成战利品抬回城内，没有想到里面藏有精锐的士兵。晚上，木马中的士兵打开了城门，希腊联军攻陷了特洛伊，辉煌的特洛伊城沦为一片废墟。《奥德赛》则接续《伊利亚特》，描写了战争结束之后，希腊的将士们纷纷返回故乡，然而木马计的设计者俄底修斯却历经了十年的海上历险生活，才回到了一心向往的故乡。

英雄的返乡之路

比起《伊利亚特》，《奥德赛》是史诗与大海更加完美的结合。它将跌宕起伏的命运、永不屈服的英雄与险象环生的大海紧紧结合在一起，它那简约有力的诗句，伴随着荷马那苍凉的七弦琴声和骇人的波涛声，让我们至今读来依旧能够感受到英雄的荣光。

《奥德赛》讲述了俄底修斯十年漫漫的返乡之旅。当希腊联军抢劫完特洛伊城、准备乘坐军舰返回故土的时候，一场风暴席卷了俄底修斯所在的军舰。所幸，他的聪明才智和深谋远虑得到了雅典娜女神的赏识，在女神的帮助下幸免于难。从此，俄底修斯踏上了艰难的归家旅途。在这条不平凡的旅途中，俄底修斯经历了太多的艰难困苦：先是海神波塞冬的儿子独眼巨人吃掉了俄底修斯的伙伴，又险些把他吃掉，俄底修斯刺瞎了独眼巨人的眼睛才得以逃脱；后来他躲过了使路人吃了就不再思乡的椰枣，躲过了女妖塞壬的美妙歌声的诱惑，甚至还到地狱中去问卜；最后，他遇到了仙女卡吕普索。卡吕普索为了让俄底修斯做自己的丈夫，将他拘禁在深邃的洞穴中长达七年。

所有这些苦难都没有磨灭俄底修斯对妻子的思念和回家的渴望，他望着漫无边际的大海，

盼望能早日回家。终于，俄底修斯的坚毅和决心以及身心所遭受的痛苦感动了众神，他们决定助他回家。然而，海神波塞冬却对俄底修斯的返乡之旅百般阻挠，因为他的儿子就是那个被俄底修斯刺瞎眼睛的独眼巨人。当俄底修斯在大海中航行的时候，波塞冬突然卷起一个巨浪，将他乘坐的筏子抛出很远，舵柄从手中滑脱，桅杆被风暴拦腰折断，俄底修斯被重重地压在了狂涛巨澜之下。俄底修斯没有放弃，他拼尽全力在波涛中找到自己的筏子，紧紧地抓住这回家的希望和一线生机。俄底修斯靠着顽强的意志在汹涌的波涛里漂浮了两天两夜，终于被擅长航海的菲埃克斯人救了起来，并在他们的帮助下回到故乡。回乡之后，俄底修斯与出海打听父亲消息归来的儿子得以相见，但他离开故乡多年，许多人觊觎他的王位和财产，向他的妻子求婚，并天天在宫里胡闹。俄底修斯设计惩罚了那些蛮横无耻的求婚人，最终夫妻相认，一家团圆。

俄底修斯的返乡之路，是一个英雄从离开家园、失去家园到寻找家园的过程。在这个过程中，大海成为他归家的巨大阻碍并使他经受了无限痛苦，他一直在诘问——

是哪位长生者不让我返回故乡，我该如何穿越这满是鱼群的海洋？

同时，这些障碍和痛苦也在不断地磨炼着他的意志，使他完成精神上的成长。这种不屈不挠的坚毅，以及对苦难的自觉承担，使俄底修斯成为海洋文学中最具有英雄色彩的人物。同时，《奥德赛》对海上奇异的景致、绚烂的色彩的刻画到了让后人难以企及的地步。这使人们开始怀疑世界上究竟有没有荷马这个盲诗人，如果有，他那空洞的双眼怎么能够看到那葡萄紫的海水，指甲红的曙光……

历史上究竟有没有荷马其人，《伊利亚特》和《奥德赛》究竟是不是荷马写的，这些问题在西方学术界争论已久。从古希腊时代到18世纪初，欧洲人一直坚信荷马是存在的，在他们眼里，这位远古时代的诗人，有着高超的智慧，尽管双目失明，但是能够洞察世事的奥秘。18世纪初，法国哲学家维柯就明确提出世界上根本没有荷马这个人，他认为荷马不过是希腊说唱艺人的代表，而不是一个真实的人，这引发了西方文学界的“荷马问题”。至今，这一问题也没有定论。然而不管荷马究竟是说唱艺人的总称，还是一个盲诗人，“荷马”这两个字都与诗联系在一起，成为后世诗人的精神源泉。比如著名的童话作家安徒生就写了一首献给荷马的诗——《荷马墓上的一朵玫瑰》：一朵长在荷马墓上的玫瑰爱上了荷马，她一直认为自己是因荷马而生，她生命存在的意义就是要为这位世界上最伟大的歌者“放出香气”。最后，一位来自北国的诗人将她摘下，放在《伊利亚特》里，“她像在做梦一样，听到他打开这本书，说：‘这是荷马墓上的一朵玫瑰。’”

↑荷马在唱诗

美丽的传说故事

如果说希腊神话是人类在儿童时期对未知世界的想象，荷马史诗是诗人对英雄世界的讴歌，那么海洋传说故事则是普通劳动者、流浪艺人对生活的解释。这些劳动者和流浪艺人最贴近土地，在他们的述说中，我们能闻到泥土的气息，闻到花的芬芳，能感到他们生活的节奏和时代的脉搏。中古时期的阿拉伯航海冒险传说《辛巴德航海故事》中，商人辛巴德七次出海的经历，就带着阿拉伯人民对幸福、对财富的理解，也反映了阿拉伯世界从游牧时代走向崛起的变化。那些或美妙、或恐怖的美人鱼传说，不同民族、不同时代的人有不同的解释，虽然一时无法用科学来验证它的真实性，但是它从某些方面反映了人类对海洋生物的好奇和探索。在海洋传说中，除了奇妙丰富的想象，我们更能感受到来源于民间生活的力量，从中发现人类社会的发展与变化。

海上之路的开拓者

——《辛巴德航海故事》

别看我今天享受荣华富贵，备受人们尊敬，这一切都来之不易，那是我历尽千辛万苦，经过无数艰难险阻，好不容易才得到的。你可知道我曾经历多少艰险，付出多少辛劳？

——《辛巴德航海故事》

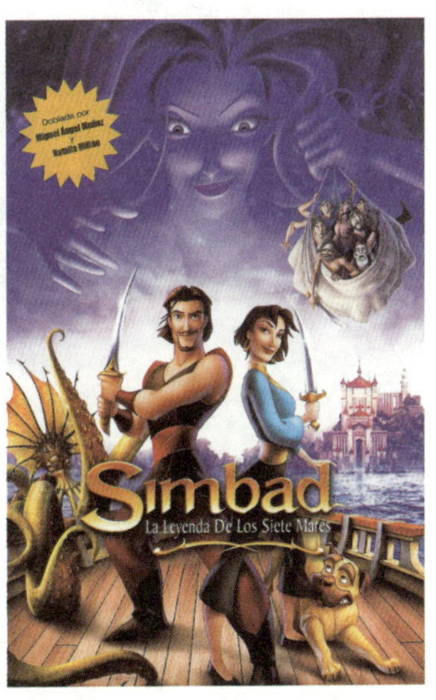

↑《辛巴德航海故事》因其惊险刺激的冒险情节，受到一代代读者尤其是小朋友的喜爱。2003年，梦工厂将其拍成动画片。

《辛巴德航海故事》是被誉为世界民间文学创作中“最壮丽的一座纪念碑”的《天方夜谭》（又名《一千零一夜》）中最具代表性的航海冒险故事。它讲述了商人辛巴德一生中的七次航海冒险经历。第一次，他错将一条大鱼当做海岛，被抛进海里，幸好找到一块大木板才幸免于难。第二次，他在一座岛上休憩时被船长遗忘在岛上，他自作聪明地将自己绑在一只大鹏鸟的脚上，结果被带入充满更多危险的山谷。第三次，他来到一座猴岛，遇见每天要吃烤人肉的巨人，因为他骨瘦如柴才得以逃脱。第四次，他被飓风刮落到水中，漂浮了一天一夜才来到一座岛上，结果遇到了食人族。当他幸运逃离后，又遭遇了一段妻子死后需要丈夫陪葬的婚姻，被扔进深井里。第五次，他被大鹏鸟袭击，落入海中，等他游到海滩又碰上了专门骑在人背上折磨人的海老头。第六次，巨浪把他的帆船撞到一座高山上，他浮水至一座满是沉香和龙涎香的岛上，饥饿使他几乎绝望。第七次，大船被鲸鱼袭击后触礁，他抓住一块船板才保住性命，后来一个商会头人救了他，并将自己的女儿嫁给了他，辛巴德在这座岛上住了27年才和妻子返回巴格达，结束了海上冒险的生涯。

辛巴德的七次海上冒险，究竟是为了什么？在第六次航海遇难时辛巴德也曾在绝望的时候问过自己——为什么要抛下荣华富贵冒着如此大的风险到海上经商？可是，当他脱离危险的时候，他心底回荡的是这样一首诗：

去吧，
离开危险地区，
勇往直前，
宁可撇下屋宇，
让建筑者凭吊、哀怜。
宇宙间到处有你栖身之所，
可是你的身体只有一具。
别为一夜天的事变而忧心，
任何灾难总有个尽头。

辛巴德这种豪迈的气魄、进取的精神，也许源于人类内心深处对惊奇刺激的冒险生活的向往和对未知世界不可遏制的好奇心理。这种向往使辛巴德即使在家财万贯的时候，也停不下自己迈向大海的脚步；这种好奇，使中古时期的阿拉伯民间艺人纷纷传唱着关于白色大拱包似的大鹏巨蛋、小岛一样的大鱼、能够吞食大象的蟒蛇、吃人肉的黑色巨人、专门折磨人的海老头的故事，瑰丽神奇的想象装点着他们当时闭塞的生活。

这些经历了几千年的传说故事现在读来魅力依旧不减，其奋发向上的精神，诱人的想象，不断激励人们去创造美好的生活。在《辛巴德航海故事》中，我们看到了阿拉伯民族探索新世界的进取精神，感受到了处于上升时期的阿拉伯帝国蒸蒸日上的时代气象，并且感动于作为古代海上之路最早的开拓者的辛巴德那不畏艰险、永不满足的开拓精神。这是人类在没有完备的技术装备、没有先进的生产力的阶段，在以自己的脚步丈量世界、以自己的灵魂紧贴大海时，最为真实的记录。

美人鱼的传说

没有一个真实的美人鱼标本，一切结论都只能是猜想。

——美国“史密森学会”自然博物馆脊椎动物馆主任乔治·朱克

在许多传说故事中，美人鱼的身影总是和超自然的神力联系在一起：在童话故事里，美人鱼代表着善良美丽、温柔无私的女性；在民间传说中，美人鱼则具有多面性，既可能是秉性凶残的女妖，又可能是心地善良的水仙女。

关于美人鱼的传说最早见于公元前19世纪的古巴比伦王国，那时美人鱼被奉为神灵，并且是雄性的，名叫“奥尼斯”。他有着人的相貌，习惯戴一个鱼头形的帽子，披着鱼皮似的斗篷，常常在厄立特里亚古海上出现，教导人们学习艺术和科学知识。

中东古国的叙利亚人和腓力斯人也有关于美人鱼的传说，人们将其尊奉为月神美人鱼。这位雌性美人鱼名叫“阿塔佳提斯”，传说她生下的第一个孩子斯米拉米斯是一个缺乏神力的普通人，羞愧的她先杀死了情人，又抛弃了刚出生的孩子，自己完全成为鱼类。“阿塔佳提斯”是第一位被文字记录下的人鱼。

儒艮——名不副实的“美人鱼”

也许是安徒生童话中小人鱼公主的形象太动人了，人们对于“美人鱼”的真实身份充满了好奇与期待。但是科学家总是会打破人们美好的幻想，他们找到的“美人鱼”却是并不美丽的儒艮。

儒艮，别名人鱼、美人鱼、南海牛，是海洋中唯一的食草性的哺乳动物。一只普通的儒艮大约3米长，体重300～500千克，头小身大尾巴像月牙，整个体型看起来就像一个纺锤。儒艮主要生活在热带海域，中国的广西北海、广东和台湾南部海域以及海南岛都有它的踪影。

儒艮喜欢潜伏在水下，但是它需要常常浮出水面换气，再加上它是喜欢安静的动物，习惯昼伏夜出，所以有很多航海者在夜晚会看到一个很像人的动物浮在海面，也许正因如此，才有了世代相传的美人鱼的故事。

←生活在海中的哺乳动物儒艮

古希腊也有关于海妖的传说。在传说中，海妖通常有着美丽的外表和非凡的音乐才能，能够用美妙的歌声和动听的琴声诱惑海上的水手，使船只触礁沉没。长久以来，人们习惯把她们等同于美人鱼，然而她们和美人鱼并不一样。直到发现公元前15世纪的一个绘有海妖画像的花瓶，人们才把谜底揭开，海妖们尽管也长着年轻女性的上半身，下半身却生有双翅和利爪，身躯像大鸟。海神波塞冬也常常被描述成半人半鱼的美人鱼的样子。

公元前9世纪前后的荷马史诗《奥德赛》中，第一次出现了关于美人鱼的文学描述。主人公奥德赛在航行中遇见了美人鱼，但是他无法生动地描绘出美人鱼的样子。

英国的民间传说对美人鱼有着非常生活化的描述，传说他们住在海底干燥的陆地上，都戴着保护他们不被溺死的魔帽，雌性美人鱼异常美丽，相反，雄性美人鱼却都是红鼻小眼，绿发青牙，酷爱喝白兰地。

在日耳曼的民间传说中，美人鱼也分为雌性和雄性，然而他们不像英国民间传说中的美人鱼那么亲切，据说他们非常奸诈凶险。雌性美人鱼常常把男子引诱到水中使其溺毙，而雄

性美人鱼则会变成年迈的侏儒或者金发男孩引诱人类。在冰岛和瑞典的传说中，他们还会变成人首马身的样子，引诱人类骑到他们的背上，然后再冲进海里把人淹死。

随着科学的进一步发展，人们不再相信有关美人鱼的种种稀奇古怪的传说，而是开始寻找证明美人鱼存在或者不存在的科学依据，但是即使到了21世纪，这依然是一个争论不休的话题。直至今天，美人鱼的传说仍以古老而又神奇的魅力吸引着世人。

迪斯尼动画中的美人鱼形象

美人鱼的传说不仅进入了许多文学家的作品之中，而且也是电视、电影热衷表现的题材。在现代社会中，美人鱼的故事多延续安徒生童话中小人鱼公主的形象，她通常被看做温柔善良、美丽动人的女性的化身。

海洋诗歌

在荷马、莎士比亚那里，大海还只是诗歌产生的背景，海洋诗歌的价值真正得到重视，是从浪漫主义诗人开始的。浪漫主义诗人把诗歌当做心灵的独白，大海成为他们所追求的自由、荣誉和生命的象征。

柯勒律治的大海是其社会思想的表现，普希金的大海是其自由精神的化身，拜伦的大海是唯一能够承受其极致个性的地方，高尔基的大海是革命的能量场，约翰·梅斯菲尔德的大海则只属于他个人，是与他血脉相连的青春记忆。

18世纪末开始的浪漫主义文学在今天已经偃旗息鼓，然而，浪漫主义诗人留给海洋诗歌的独特气质，却为它涂抹上了自由高贵的颜色。

具有魔力的大海

——柯勒律治的《古舟子吟》

嘉宾啊！我这把老骨头曾经/浪游过无边的大海：/海上是那么寥寂，连上帝/也不会在那里徘徊。

——《古舟子吟》

↑塞缪尔·泰勒·柯勒律治（1772—1834），英国浪漫主义诗歌先驱，诗作以丰富而完美的想象力闻名，尽管数量不多，但都是佳作。

柯勒律治的父亲是一名乡村牧师。他是家里14个孩子中最小的一个，由于父母对他格外偏爱，再加上他生性柔弱，兄长们对他很不友好。没有伙伴，柯勒律治只好将自己的注意力转向书本，童年时期他酷爱读《天方夜谭》、《鲁滨逊漂流记》这些传奇故事，培养了他丰富的想象力。

1794年，柯勒律治结识了他一生中最重要的朋友——诗人骚塞，他们不但有着共同的社会理想和诗学理念，而且还成为连襟。在骚塞的引荐下，柯勒律治又认识了诗人华兹华斯。他们一见如故，并一起出版了诗集《抒情歌谣集》（1798），三人后来被称为"湖畔诗人"。然而柯勒律治个人的生活，并没有因为这本诗集的成功有所好转，他开始吸食鸦片以减轻风湿病带来的痛苦，不到30岁就沉陷其中难以自拔。他曾两次试图戒除鸦片，但都以失败告终，他的妻子也因感情不合提出分居。柯勒律治在孤独和疾病中走完了下半生。

《古舟子吟》是柯勒律治的代表作，它以大海为背景，讲述了一个罪与罚的故事。一个老水手和同伴们带着愉悦的心情从港口出发，然而当船驶到赤道时，暴风雨突然降临，船被吹向了南极，四周都是冰山。正当人们陷入恐慌时，一只信天翁突然穿过浓雾出现在海空，它带来了好运，船终于穿过雪雾驶回了北方。而大海一片祥和宁静的时候，不知出于什么心理，老水手居然射死了这只带来吉祥的圣鸟。从此，灾难接踵而至，风停止了，太阳整日整日地挂在空中，淡水没有了，所有的人都认为这是老水手杀死信天翁带来的惩罚，他们将已死的鸟挂在他的脖子上。然而即使这样，雨还是不下，风还是不来，船还是不动，老水手的船友被干渴煎熬着，最后带着对他的怨恨纷纷离世，唯独剩下老水手这个罪人。死者的咒语使他想死不能死，忍受着灵魂上的折磨。在极度痛苦中他看到了水蛇，却忍不住为它们祝福。这祝福拯救了老水手，符咒被解除了，老水手绝处逢生，终于安全回到了故乡。

古舟子吟（节选） 柯勒律治

孤独啊孤独，极度孤独，
大海茫茫，广又阔！
没一位天神向我垂顾，
哀怜我灵魂受折磨。

多少汉子呵，仪表堂堂！
全死了，躺在甲板上：
几千几万条黏滑的爬虫
却活着，我也这样。

我两眼注视腐烂的海面，
我又把目光移挪；
我两眼注视腐烂的甲板，
甲板上死者偃卧。

我仰望苍昊，一心想祈祷；
但祷词还没出声，便听见一声邪恶的咒语，
我立即心灰意冷。

这是一个神秘的故事。大海被一种超自然的力量笼罩着，它时而静谧、时而狂暴，充满了死亡的恐惧、生还的希望、泣血的忏悔、绝处逢生的喜悦、内心宁静的抵达……就像是用世上最简单、最质朴的音符演奏出来的使人灵魂战栗、激动不已的交响乐。柯勒律治的大海之歌具有一种独特的音乐美——庄严而激越，这源于他将大自然看做上帝的代言人。老水手对自然的漠视与伤害合二为一，即一个人罪恶——惩罚——赎罪的过程，这其中包含了柯勒律治对人类命运的理性思考。经历过无数肉体和精神上的折磨后，老水手才开始寻找自己的精神寄托，开始忏悔和祈求宽恕，开始去体悟大海、雨水、风暴，在人与自然的和谐中获得内心的宁静。

柯勒律治用丰富的想象力接通了人的心灵与自然之间的联系。他笔下的海洋世界神秘莫测却形象而逼真：信天翁仿佛伸手就能触及，烈日仿佛也在炙烤着读者，雨水打在老水手的脸上时仿佛也落在了读者的脸上，这种具有真实感的想象使他的诗歌具有一种特殊的魔力。

要自由而非国王宝座的“恶魔”

——拜伦和他的《海盗》

在暗蓝色的海上，海水在欢快地泼溅，/我们的心是自由的，我们的思想不受限，/迢遥的，尽风能吹到、海波起沫的地方，/量一量我们的版图，看一看我们的家乡！

——《海盗》

↑乔治·戈登·拜伦（1788—1824），英国浪漫主义诗人，被歌德誉为“19世纪最伟大的天才诗人”。

拜伦终其一生只愿做一个无忧无虑的小孩，他的浪漫、叛逆、理想主义都源于一个孩童对这个世界的认真，他的敏感、过分自尊、坏脾气、对爱情的不专一也源于一个孩童的任性。

拜伦出生在英国一个流淌着“魔鬼”血液的贵族家庭，父母性情古怪，行事乖张，对他喜怒无常。这样的成长环境，使本来就因跛足而自卑的拜伦，选择了以疯狂和任性来抵抗家族的“魔鬼”在他身上附着的命运。在剑桥上学时，为了证明自己，他经常参加剧烈的体育活动，并且在学校里养了一只熊。这些孩子气的怪异行为使拜伦越来越被周围的

我愿做无忧无虑的小孩 拜伦

命运呵，请收回丰饶的田地，/拿走这响亮的尊荣称号！/我厌恶看人们低三下四，/我厌恶被奴仆屈身照料。/让我回到我酷爱的地方，/听岩石应和大海的呼啸；/那是我从小就熟悉的风光，/只求让我再次看到。

人孤立，拜伦也索性活在自己的世界里，转而用文字表达自己的不屑一顾。1807年，他出版了自己的第一部诗集《闲散的时光》。1811年，他又带着饱含对自由和平等向往之情的《恰尔德·哈罗尔德游记》从东方归来。1815年，拜伦与贵族少女安娜贝拉结婚，却因性格不同翌年就分手了。之后，拜伦永远地离开了英国，至死也没有回来。离开英国后，拜伦参加了意大利和希腊的民族解放运动，但36岁时却因淋雨患了热病，不幸逝世。整个欧洲都为他的英年早逝哀悼不已，人们把他誉为“诗国中的拿破仑”，但在他心里，也许更愿意做一个能够再一次听到岩石应和大海呼啸的小孩。

《海盗》写于1914年，当时拜伦正处于政治上非常不得志的时期。这一时期，尽管拜伦已经成为国会议员，但他的清高和孤傲，以及对个人自由和人道主义的坚持，使他在政治上被孤立，心中充满了苦闷。于是，他将目光转向他并不了解的东方，将他所有的理想都倾注在那片遥远的土地上，写下了以东方为背景的浪漫组诗，包括《异教徒》、《阿比托斯的新娘》、《海盗》、《莱拉》、《巴里西纳》、《科林斯的围攻》。在这些组诗中，拜伦对资本主义进行了严厉的控诉，还塑造了一批孤傲、反叛、忧郁、自尊、拥有才华却无处可施的“拜伦式恶魔”。其中，《海盗》中的康拉德最有代表性。

↑电影中的海盗形象(《加勒比海盗4》)
据说《海盗》一天之内就售出14000册，人们对之趋之若鹜。拜伦笔下的“恶魔”虽然杀人成性，但是骨子里却有一种非常真挚的爱和同情心，他们追求着一种人性美，一种个性的极致，也许正是这样一种人生态度，才使《海盗》能够打动人心。

海盗康拉德是一个勇敢、强壮、孤独的男子，他仇恨整个世界，以杀戮和掠夺钱财为生。尽管他罪孽深重，但却从没有为此后悔过，也从没有害怕过死亡和报应。唯一让他放不下的，就是心爱的姑娘梅朵拉，那是唯一占据他心灵的人。也许因为已将内心中所有的阳光和温情都给予了这个人，所以他无法去爱这个世界:

我对你的爱，就是对人们的恨:
因为爱上了人类，就不能专门爱你。

为了保护梅朵拉，康拉德在一座海岛的悬崖上为她筑起了一座高塔，随后为了荣誉和部下的生死存亡与追来的官兵展开了激烈的战斗。战斗失败后，康拉德被官兵囚禁了起来，敌军中的一个女奴爱上了他，在其帮助下他才逃了出来。尽管他被救命恩人的痴情所打动，但是他心里已经装不下除了梅朵拉以外的任何人了，他决然地跑回海岛寻找梅朵拉。然而当他回到家中的时候，梅朵拉已经因为等待无望自杀了。康拉德痛苦万分，抛下珍宝、金钱、船只和属下黯然离去。

《海盗》结构简单，却能触动心灵，有一种激动人心的力量。这也许来自诗人对自由的守望，对激情的坚持。拜伦叛逆的性格，使他选择以一种“恶”的方式来表达对自由的守望。拜伦不在意社会的道德法令，不在意人们的评价，不期望流芳百世，也不惧怕所谓的遗臭万年，他在无意识中企图冲破一切社会对人性禁锢的律令。这是对上流社会虚伪的宗教和道德的一种蔑视，一种嘲笑。这种情感上的激越使他的诗歌读起来令人热血沸腾。

献给自由的诗篇

——普希金的《致大海》

↑普希金（1799—1837），俄国著名诗人、小说家，他把俄国文学引向真正属于自己的道路。俄国著名文学批评家别林斯基说："只有从普希金起，才开始有了俄国文学。"

哦，再见吧，大海！/我永远不会忘记你庄严的容光，/我将长久地，长久地/倾听你在黄昏时分的轰响。/我整个心灵充满了你，/我要把你的峭岩，你的海湾，/你的闪光，你的阴影，还有絮语的波浪，/带进森林，带到那静寂的荒漠之乡。

——《致大海》

俄罗斯冬天的夜晚总是来得特别早，下午不到4点，夕阳就会像鲜血一样染红天空，1837年2月8日的黄昏也不例外。但是这天，随着彼得堡郊外黑溪雪地上的一声枪响，"俄罗斯文学的太阳"彻底陨落了——普希金被他的情敌射出的子弹击中了。在忍受了两天的痛苦折磨之后，这位在决斗的上午还在认真写作《彼得大帝史》的诗人，心脏停止了跳动。

青年时期的普希金受欧洲传来的自由思想的影响，写了一组具有强烈的反专制色彩的"自由诗作"，这引起了

沙皇亚历山大一世的不满，决定将他流放到遥远的西伯利亚，后经他的老师斡旋，才被“开恩”流放到俄国南方。在南方的四年，他与海为伴，孤独的心境使他开始向人生更深远的地方探索，写出了许多富有激情和战斗精神的诗篇。

普希金的诗句，仿佛是从心中自然流淌出来，表现出强烈的情感和博大开阔的胸襟，这在他描写海洋的诗章中尤为明显。面对自由澎湃的大海，普希金的内心总是涌动着难以自持的激动，他与大海之间存在着一种精神上的交流，就像两个惺惺相惜的英雄。

在《致大海》（1824）中，大海是他相知多年的朋友，在即将离开的时候，他特意跑到其身边倾诉衷肠，诉说内心的悲愤。现实生活中的普希金此时正处于流放中，但他依旧我行我素，继续写作反抗专制的诗，沙皇因此又下令将其押送到他父母居住的米哈伊洛夫斯克村幽禁起来。《致大海》这首诗就是他在要离开敖德萨时写的，其内心的悲愤可想而知。

在对自由的歌颂中，普希金想起了两个现

致大海（节选） 普希金

再见吧，自由奔放的大海！
这是你最后一次在我的眼前，
翻滚着蔚蓝色的波浪
和闪耀着娇美的容光。

好像是朋友的忧郁的怨诉，
好像是他在临别时的呼唤，
我最后一次在倾听
你悲哀的喧响，你召唤的喧响。

你是我心灵的愿望之所在呀！
我时常沿着你的岸旁，
一个人静悄悄地、茫然地徘徊，
还因为那个隐秘的愿望而苦恼心伤！

我多么热爱你的回音，
热爱你阴沉的声调，你的深渊的音响，
还有那黄昏时分的寂静，
和那反复无常的激情！

↑普希金塑像

↑俄罗斯普希金镇

实中的人，一个是政界的杰出人物拿破仑，另一个是为自由而战的诗人拜伦。拿破仑曾将法国民主主义的思想传播到整个欧洲，死后被葬在圣·海伦娜岛；而拜伦一生崇尚自由，投身于希腊的民族解放运动中，从不为威严屈服投降。遗憾的是，世界已经被暴君守卫，自由的盗火者或孤独离世，或英年早逝，普希金为他们痛哭，同时也在为自己痛哭。全诗在悲哭与沉思之中，在诗人的现实处境与历史的交叉中，塑造了一幅自由的圣像——大海。

普希金的诗歌，总是有一种光明的基调，即使在他激愤忧伤的时候，在诗中也找不到阴暗或者幽深，而总是明亮的、健康的、向上的。他生活在俄国沙皇统治最专制、最黑暗的时期，但还是在这片异常寒冷的土地上寻找光明之所在。在被流放到大海边时，他找到了自由的力量，那是一种勇往向前、不屈不挠、挣脱各种束缚而回归内心的力量。他的诗歌越来越激进，他的思想越来越明晰，流放和软禁对于一位独立不羁的诗人来说，更像是打在马背上的一记鞭子，只能让诗人对自由更加渴望，对黑暗更加憎恨。普希金的《致大海》只是再一次向大海借取力量，继续在那个冷酷的时代歌颂自由，继续为那些受苦受难的人呼吁同情。

留给年轻人的梦

——约翰·梅斯菲尔德的《海之恋》

> 我必须再下海航行，去那孤独的大海和天空，/我需要的是一艘大船和一颗引航的星辰，/还要轮船破浪前行，风儿歌唱，白帆摇曳，/海面灰雾迷蒙，黎明破雾降临。
>
> ——《海之恋》

↑约翰·梅斯菲尔德（1878—1967），英国诗人。他14岁当水手，后自学成为记者，1930年被授予英国第22届“桂冠诗人”称号。

《海之恋》写于1900年，因为它，年仅22岁的约翰·梅斯菲尔德名震诗坛。是什么使这首诗如此耀眼？它的特别之处又在哪里？

从内容看，《海之恋》不过是一个曾经被大海征服过的水手，要再度扬帆起航的宣言。因为他放不下那孤独的大海和天空，挥不去怒潮的召唤，也忘不了海鸥迎着飞浪飞沫鸣叫的样子。这也许源于一个年轻的诗人经过了喧嚣和繁华之后依旧保持的质朴之心。这其实是两种生活的博弈，一种是富足的物质生活，没有孤独，无须拼搏，无须流浪，不用在意心的航向是否偏离了轨道；另一种生活充满了艰辛，却有着精神上的富足，没有经过长期外出后的安寝和美梦，也许是大多数普通人能够接受的生活，但是对一个经历过大海、懂

得大海的美的水手来说，这一切是那么的乏味。梅斯菲尔德无疑表达了年轻人想要追随自己的心，从尘嚣中回归大海的心情。因为年轻，这种回归闪烁着青春的朝气蓬勃，昂扬着激动人心的斗志。

从形式来看，《海之恋》这首诗体现出高度凝练的美感，短短12行，却营造了一个优美的、飘逸的自由之境。苍茫的大海上，一叶孤帆，一颗明星，一个仰望天空的水手，这是一种孤独；狂怒的大海上，漫天飞舞的飞浪、飞沫，不断俯冲的海鸥，一个挣扎得精疲力竭的水手，这是一种激情；神秘的大海上，偶遇的鲸鱼，不知来源的奇谈，一个不期而遇的美梦，这种生活叫流浪。孤独，激情，流浪——这是年轻人在那内心激荡不安的年纪，都曾有过的生活的构想。约翰·梅斯菲尔德用一种意象之美传达出梦境之美，这个梦里有着人类面对大海时共有的一种情感、一种永恒——对自由的向往，对激情的渴望。

约翰·梅斯菲尔德是英国著名的诗人、小说家。他很早就失去了父母，14岁便到一艘海船上做伙计，从此开始了在海上漂泊的人生。在船上，喜爱读书的他一有空闲就去看书，在海上遇到有趣或者印象深刻的事情，他也会一一记下来，这些经历为他积累了丰富的写作素材。

1902年，梅斯菲尔德出版了自己的第一本诗集《盐水谣》，《海之恋》就是其中最著名的一首抒情诗。从14岁踏上大海到22岁名震英国诗坛，梅斯菲尔德最美好的青春与最激荡的大海紧紧相连，他的血液中必然会流淌着对大海的挚恋之情，他的诗作中自然也少不了大海的身影。因此，当他捧着一摞摞与大海有关的诗作，被人们誉为“大海的诗人”时，我们也许并不会感到惊讶——“他一直就和大海在一起啊！”

散文诗欣赏

海燕之歌（节选）

〔前苏联〕高尔基

乌云越来越暗，越来越低，向海面直压下来，而波浪一边歌唱，一边冲向高空，去迎接那雷声。

雷声轰隆。波浪在愤怒的飞沫中呼叫，跟狂风争吼。看吧，狂风紧紧抱起一层层巨浪，恶狠狠地将它们甩到悬崖上，把这些大块的翡翠摔成尘雾和碎末。

海燕在叫喊着，飞翔着，像黑色的闪电，箭一般地穿过乌云，翅膀掠起波浪的飞沫。

看吧，它飞舞着，像个精灵，——高傲的、黑色的暴风雨的精灵，——它在大笑，它又在号叫……它笑那些乌云，它因为欢乐而号叫！

从雷声的震怒里，——这个敏感的精灵，——它早就听出了困乏，它深信，乌云遮不住太阳，——是的，遮不住的！

狂风吼叫……雷声轰隆……

一堆堆乌云，像青色的火焰，在无底的大海上燃烧。大海抓住闪电的箭光，把它们熄灭在自己的深渊里。这些闪电的影子，活像一条条火蛇，在大海里蜿蜒游动，一晃就消失了。

“暴风雨！暴风雨就要来啦！”

这是勇敢的海燕，在怒吼的大海上，在闪电中间，高傲地飞翔；这是胜利的预言家在叫喊：

“让暴风雨来得更猛烈些吧！……”

暴风雨之歌——海洋戏剧

莎士比亚的《暴风雨》写于英国繁荣强盛的“伊丽莎白”时代。这一时期，资本主义经济迅速发展，海上贸易频繁，殖民主义迅速扩张，金钱和贪欲腐蚀人心。莎士比亚深感自己的人文主义理想在现实中无法实现，于是决定在暴风雨中彻底地沉没，退出戏剧的舞台。

美国现代戏剧的奠基人尤金·奥尼尔有着6年海上生活的经历，但是真正促使其走向戏剧之路、开始创作航海戏剧的原因，是他对第一次世界大战后缺乏信仰、没有精神寄托的美国社会的思考。他笔下的人物总是诗意的、浪漫的，但又总以悲剧收尾；大海是他们命中无法逃脱的劫难，既源于理想的可望而不可即，又源于命运的不可知。在他看来，只有那些纵使知道自己微不足道，但是仍然选择永不妥协、永不回头的逐梦者，才是精神上的贵族。

《暴风雨》中的理想国

“我再没有魔法迷人，再没有精灵为我奔走；我的结局将要变成不幸的绝望。”

——《暴风雨》中普洛斯波罗的告别辞

↑威廉·莎士比亚（1564—1616），英国文艺复兴时期最重要的剧作家和诗人。英国著名的剧作家本·琼斯曾这样盛赞莎士比亚：“他不属于一个时代，而是属于所有世纪。”

《暴风雨》常被认为是莎士比亚告别剧坛的封笔之作，它创作于莎士比亚的晚年，充满了梦幻色彩。这梦幻也许源于已步入老年的莎士比亚返璞归真的童趣，但更多的是一个走过人生大半路程的人，对自己过去的人生理想、政治追求的总结，是一首留给后世的“诗的遗嘱”。

该剧以海上的一场暴风雨开场。一艘载有那不勒斯国王阿佐隆、王子腓迪南和米兰公爵安东尼奥的船航行于海上，突然遭遇风雨大作、雷电交加的天气，阿佐隆与其亲信一起被冲到一座海岛上，而他的儿子腓迪南却不知所踪。其实，

←《暴风雨》剧照。《暴风雨》是一部传奇剧，该剧于1611年首演，1623年成书正式出版，堪称莎士比亚晚年作品中的代表作。

这场暴风雨源自前米兰公爵普洛斯彼罗的魔法。这位12年前被另一场暴风雨冲到海岛上的公爵，终于等到了这个复仇的机会。原来，当他还是米兰公爵的时候，由于沉浸在魔法世界中，他的弟弟安东尼奥趁机和那不勒斯王阿佐隆协谋夺取了政权，并且将他和他当时只有3岁的女儿米兰达驱逐到海上。本来安东尼奥预想他们将丧生于大海之中，没想到在大臣贡柴罗的暗中帮助下，普洛斯彼罗和米兰达漂流到这座岛屿上。

然而，“文明”世界的人类即使在这个远离“文明”的小岛上也停止不了相互残杀。当这伙人刚刚得救后，安东尼奥和阿佐隆的弟弟就开始预谋杀害阿佐隆以谋取权力，而国王的厨师和弄臣也伙同岛上的土人凯列班夺取海上的统治权。普洛斯彼罗看着这一切，他选择了宽恕和原谅。他用魔法使阿佐隆避免被杀害，用父爱成全了王子腓迪南和米兰达的爱情，用离开解除了他在岛上设定的奴仆关系，使这座海岛成为真正的“理想国”。

很多人都把普洛斯彼罗的宽恕和原谅看做晚年莎士比亚欲与社会和解的橄榄枝，看做岁月和生活给予他的超脱与淡定。事实上，当莎士比亚从青年时热衷的喜剧转到中年时的悲剧，再转到晚年时的传奇剧时，他不是越来越超脱、淡定，反而是越来越绝望。《暴风雨》是一个寓言世界，在这里，暴风雨是恶和仇恨的象征，大海是混沌不清的宇宙，在海上颠簸的航船是现实中的人类世界，而海岛则是孤立于人类世界的“理想国”。即使是书中最光彩夺目的爱情，

↑ 电影《暴风雨》剧照

莎士比亚也在一直强调，这种纯真的感情只能发生在特殊的情境中——一个与世事隔绝的荒岛上，只有这样，腓迪南才会对米兰达一见钟情，才会信守誓言。莎士比亚将爱情的舞台从尘世搬到“理想国”，搬到这个悬空于现实之上的舞台，赋予他们“童话式”的结局，其实正透露着他内心对现实的绝望。

在《暴风雨》上演后不久，莎士比亚就以海谢幕，离开伦敦回到了故乡斯特拉福特，从此搁笔。因此，当《暴风雨》中的主人公普洛斯彼罗在舞台上悲怆地喊道“现在我已把我的魔法尽行抛弃，剩余微弱的力量都属于自己”的时候，我们不能不想到，这或许是莎士比亚在与自己20多年的戏剧生涯告别。一个将自己的才华彻底收起、将自己的著作沉入大海的英雄，一个年迈无力、对命运无可奈何的老人，是普洛斯彼罗也是莎士比亚自己。当一个以自己具有魔力的诗笔为傲的剧作家，离开给他带来无限荣耀和痛苦的舞台，莎士比亚不会不明白他的人生从此将从绚烂归于平淡，在剩下的岁月里，他只是一个祈求别人给予自由和宽容的老人而已。这一场暴风雨或许是莎士比亚最后的战争，也是他留给世人的“诗的遗嘱”吧！

↑ 莎士比亚童年和少年时期生活的地方——斯特拉福镇

你是我逃不过去的劫

——奥尼尔与他的航海戏剧

> 我作为一个剧作家的真正起点，是在我离开学院和置身于海员中开始的。
>
> ——尤金·奥尼尔

↑尤金·奥尼尔（1888—1953），美国伟大的戏剧家，美国现代戏剧的奠基人。曾4次获得普利策奖；1936年，因"体现了传统悲剧概念的剧作所具有的魅力、真挚和深沉的激情"而获得诺贝尔文学奖。

作为美国现代戏剧的奠基人，尤金·奥尼尔的戏剧之路是从海洋开始的。他从小就跟随家人走南闯北，在他的印象里，童年生活就是肮脏的旅馆和火车站。这段居无定所的生活使奥尼尔与家人产生了难以言说的隔膜，也成为他日后探究人与人、人与命运之间关系的出发点。1906年，奥尼尔考上了普林斯顿大学，但才上了一年就被校方开除了。此后，奥尼尔又开始了漂泊生涯。他先是与人去南美洲的洪都拉斯淘金，后来又在杰克·伦敦、康拉德等人的海洋冒险小说的影响下，作为一名水手登上了驶往布宜诺斯艾利斯的帆船。这段海上冒险生活给奥尼尔提供了许多写作的素材，从真实生活中得来的思考使奥尼尔的航海剧作充满了更多的诗意，更多对梦想求而不得的痛苦和永不回头的激情。他笔下的大海不再是冷漠无情的世界，而是自由的精神家园。

奥尼尔创作了大量的海洋戏剧作品，主要有《东航加迪夫》（1916）、《遥远的归途》（1917）、《天边外》（1918）、《安娜·克里斯蒂》（1921）等。

《天边外》是奥尼尔航海戏剧的代表作，作品借海上和

↑《天边外》的问世标志着美国现代戏剧的开始

陆地生活的对比，延续了其航海戏剧中一贯的对人在现实和理想间无法统一的人生悲剧的探讨。剧本的开篇，主人公罗伯特就在看一首诗：

> 我爱上了风光和明亮的大海
> ……

然而，那在冥冥中一直呼唤他的大海竟成了他永远也无法到达的地方。他本来已经决定和舅舅一起出海，在离别前夕，他向哥哥安德鲁也喜欢的女孩露丝表明了自己的爱意。谁知露丝对他也一往情深，并且请求他留下来，和她一起过农庄生活。爱情的幸福淹没了他对远方的渴望，尽管他知道自己对农活儿一点儿都不感兴趣，一直向往着外面的世界。最后，罗伯特留了下来，而天生适合留在农庄生活的安德鲁一气之下跟随舅舅出海远航了。留在农庄的罗伯特郁郁寡欢，成天耽于幻想，导致农庄荒芜、负债累累，妻子因此和他互相仇视，生活一塌糊涂。罗伯特一生都在追逐不属于自己的东西，可是在他生命结束的那一刻，当他拖着病体艰难地爬过山头，在日出面前幻想着天外边的远航，“自由”地死去的时候，却有一种打动人心的力量。这种力量源于一个内心有梦想的人精神上的美，它足以抵消理想的荒谬性。

↑《安娜·克里斯蒂》剧照

《安娜·克里斯蒂》中的老水手克里斯也是徘徊在海洋与陆地、理想与现实间的人物。其家族成员身上好像一直流淌着迷恋大海的血液，他的父亲和哥哥都是葬身于大海的水手，他又因为看到母亲和妻子苦苦等待在陆地上直至去世也没有得到幸福而憎恶大海。为了使女儿安娜远离大海这个“恶魔”，他把她托付给农庄里的亲戚，不幸的是，安娜在农庄不但受尽折磨，还遭到表兄的奸污，最后走上歧路。安娜得病后来到父亲的煤船上生活，在大海面前，她突然感到一种与自己一直寻找的东西相逢的快乐，大海使她告别了过去的生活，仿佛让她又变得“干净”和快乐了。在海上，她爱上了一个水手，面对真诚的爱情，她向父亲和情人坦白了自己的过去，终于嫁给了自己心爱的人。但是在安娜对未来充满希望的时候，父亲克里斯却感到悲观，大海仿佛有一种神秘的力量，使安娜最终走向和她母亲一样的命运，无论怎么反抗都是徒劳。

在奥尼尔的笔下，大海具有多重寓意：在《东航加迪夫》和《遥远的归途》中，它是水手们憎恶又无法离开的地方；在《天边外》中，大海就像一个遥远的梦，这个梦与现实格格不入，但赋予了追梦人灵魂上的自由和希望，是其精神家园；在《安娜·克里斯蒂》中，大海就像一张网，即使你再努力，也无法逃脱它带来的劫难。不过，无论是什么，大海都映射出奥尼尔对人类精神世界的苛求态度，这使他剧中的主人公们有着诗人一样的性格和浪漫追求，即使最终以失败和死亡告终，即使他们生活在痛苦、彷徨、失望、愤懑之中，但是因为有与大海纠缠不清的梦，他们获得了经过痛苦洗礼之后的崇高。

海洋历险小说

阅读海洋史诗时，我们会为英雄们为荣誉而战的崇高而感怀；阅读海洋诗歌时，我们会被浪漫派作家追求的自由梦想所打动；然而，阅读海洋历险小说时，我们的感觉却变得复杂——这个世界不再是我们能用一个词概括的。

这个充满危险的海上世界，既有对自由的追求，又有对金钱的膜拜；既有水手心灵世界的描摹，又有工业化与人性冲突的表现；既有对国家的忠诚，又有对个人尊严的捍卫。这些错综复杂的选择，或许能让我们看到每一代人内心的追求与渴望，矛盾与困惑。

海洋历险小说的奠基之作

——《鲁滨逊漂流记》

在造物主手中，人类的生活是何等的难以捉摸！由于所处的环境不同，人们由此而产生的感情迥异。今天我们所爱的，也许是明天我们所恨的；今天我们所追求的，也许是明天我们所摈弃的；今天我们所祈盼的，也许是明天我们所恐惧的，甚至是心惊胆战的。

——《鲁滨逊漂流记》

↑丹尼尔·笛福（1660—1731），英国启蒙时期现实主义小说的奠基人，被誉为“小说之父”，《鲁滨逊漂流记》是其代表作。

丹尼尔·笛福出生于伦敦一个商人家庭，他上完中学就开始经商，去过很多国家，积累了丰富的海上经验。作为一个作家，笛福的起步非常晚，他59岁才开始写作小说。1719年，他在报纸上看到一则消息：1704年一个叫做赛尔科克的苏格兰水手因同船长失和，被遗弃到离智利有400英里之遥的于安·菲南德岛上。在那里，他仅靠一磅炸药和坚强的毅力，独自生活了4年才被路过的船只带回英国。赛尔科克的事使笛福联想到自己早年漂洋过海的经历，他决心写一部关于这个“冒险者”的小说，于是就有了《鲁滨逊漂流记》。连他自己也没有想到的是，就是这本连名字都没有署的书，使他成为“英国和欧洲小说之父”。

《鲁滨逊漂流记》中的主人公鲁滨逊从小就有着遨游四海的梦想，他无法接受父亲所说的比上不足、比下有余的

→《鲁滨逊漂流记》取材于真人真事，融合了笛福个人的海上经历，表现了新兴资产阶级乐观、勇敢、务实的精神追求。

稳定生活，长大后违背父命，跑到海上去经商。第一次出海，鲁滨逊遇到暴风雨，船只沉没，他侥幸逃过；第二次出海，他赚了一笔钱，学到了不少和航海有关的知识；第三次出海，他被海盗俘虏，漂泊了几十天到了巴西。在巴西，鲁滨逊经营种植园。为了解决劳动力问题，他决定去非洲购买黑奴，然而在航海的途中，他又一次遇到风暴，被冲到了一个海岛上。在他的身上，只有一把刀、一个烟斗和一小匣烟叶，他必须战胜自己的胆怯和绝望，坚强地生活下去。他用在船上搜到的十几粒种子种粮食，用船的碎片盖房子，将野生的山羊驯化为家畜，靠着双手在荒岛上建立了自己的庄园。后来，他还从野人那里解救了一个土著人，给他取名叫“星期五”，教给他文明与知识。最后，由于鲁滨逊帮助一位路过此地的船长制服了叛变的水手，船长为了感谢他，将他送回了阔别多年的故土。

在鲁滨逊身上，我们看到了很多后世航海小说主人公都具有的品质——不畏艰险、敢于冒险、积极行动，但不同的是，也有对金钱的膜拜和利己主义。鲁滨逊被冲到荒岛上时，他首先想到的就是将船上已经没有任何价值的钱币搬上岸，严密保管起来。在与大自然相处的过程中，他根本没有心思去欣赏什么美景，脑子里不停转动的念头就是要想方设法地“驯服”大自然，让它为自己服务。在不断征服的过程中，鲁滨逊想要满足的是自己的欲望。他认同贩卖黑奴的行为，因为这能为他带来财富；他教给自己俘虏的土著人“星期五”文明与知识，只是为了让他更好地做自己的奴隶。他回国之后在别人的劝说下结了婚，却没

有任何喜悦，因为婚姻并不能让他得到什么利益。当鲁滨逊与自己相处时，他信仰上帝，只是希望上帝能够帮他的忙。他相信勤勉的重要性，但源于他把增加自己的财富作为活着的目的。在鲁滨逊的世界里只有一个人，那就是他自己。这种个人主义不同于追求自由的拜伦、普希金，他完全被金钱渗透着、束缚着，即使在荒岛上，鲁滨逊也没有获得精神上的自由。

↑ 想方设法地“驯服”大自然的鲁滨逊

爱国者的冒险之旅

——库柏和他的《舵手》

↑ 詹姆斯·费尼莫尔·库柏（1789—1851），《舵手》出版于1823年，是库柏第一部海洋小说，也是美国文学史上第一部海洋历险小说。

> 库柏创造了两种不同类型的小说，一种是描写美洲原野的，另一种是海洋小说。
>
> ——〔俄罗斯〕别林斯基

1823年还在执著于书写美国人的生活和精神世界的詹姆斯·费尼莫尔·库柏，看到当时红极一时的历史小说家沃尔特·司各特的《海盗》时非常生气，他认为司各特对大海以及水手的生活简直一无所知。气恼之余，库柏决定根据自己在海上生活的8年经历写一本真正意义上的海洋小说，于是《舵手》诞生了。它是库柏的第一部海洋小说，也是美国文学史上第一部海洋历险小说。

《舵手》以美国独立战争期间的海军英雄约翰·保罗·琼斯船长为原型，塑造了一个英勇无敌、不畏艰险的爱国者形象。故事发生在美国独立战争时期，美国为了惩治英国殖民者，派了两艘军舰前往英国海岸袭击从美国逃到英国的贵族霍华德的部队。在这次行动中，突然出现了一位神秘的“舵手”，他驾驶快艇帮助这两艘军舰中的“阿利尔”号军舰穿过错落复杂的暗礁，突破英军的重围，还抓住了霍华德本人。最后，霍华德在临死前终于承认美国必将战胜英国，美国军舰也胜利返航。这位神秘的“舵手”在完成自己的任务之后，前往荷兰，继续自己支持各国民族独立的事业。

《舵手》中，库柏热情地讴歌了美国人民争取独立解放的精神，更用他感性的笔描绘出一幅幅绚丽多彩的海洋图景

和水手生活——惊涛骇浪的海面，高耸入云的峭崖，狂风怒吼的黑夜，风平浪静的清晨，都是那么的瑰丽迷人。最为可贵的是，库柏一反过去文学作品中水手们粗野无礼、嗜酒如命的反面形象，以精致的描述、逼真的生活细节，塑造了一批新的水手形象——他们不论种族、肤色和出身，在国难当头之时，都表现得那么英勇无畏，为海洋文学的人物长廊提供了更丰富的类型。

库柏之所以能够创造出海洋历险小说这一新的小说形式，与他8年的海上生活经历密不可分。17岁时，库伯就跑到一艘商船上当了11个月的水手，去过地中海和英国，18岁时又跑到海军军官学校当学员，19岁成为一名海军准尉，直到25岁退役他才离开大海。尽管退役后库柏与妻子回到老家，过着乡村绅士的悠闲生活，但是这8年的海上经历就像是潜伏在他内心的一头睡狮，一旦被叫醒，灵感就会喷涌而至。他30岁时才宣布要成为一个小说家，在之后30年的写作生涯中，一共创作了30多部小说，其中有10余部是海洋小说，内容涉及海洋战争、海盗生活和荒岛生活。这些书情节惊险，富有浪漫气息和生活的真实，在当时非常流行。许多书写海洋冒险故事的小说家，如斯蒂文森、麦尔维尔、康拉德等都曾表示，库柏是他们最初的老师。

人性恶与自然力的搏斗

——麦尔维尔的《白鲸》

> 他苦涩的眼睛里流出一滴泪水/直掉进微微荡漾着的海里/可对于浩瀚的太平洋/这又算得了什么呢
>
> ——《白鲸》

↑赫尔曼·麦尔维尔（1819—1891），出生于纽约，《白鲸》是其代表作。

传奇的一生

有人曾这样评价赫尔曼·麦尔维尔的生活："海洋是他的事业和生命，旅行是他最好的休息和工作方式。"如果这句话对麦尔维尔的一生来说是贴切的，那么他1850年前往英国的那次短途旅行，在他一生中并不会显得有什么特别。但是这次旅行却因为他的经典之作《白鲸》记入文学史。人们都在猜测，麦尔维尔在英国遇到了什么事，打开了他尘封已久的记忆，燃起了他将自己像大海一样起起伏伏的人生书写下来的冲动？

麦尔维尔在22岁的时候，踏上了一艘名叫"阿古希耐"号的捕鲸船，前往南太平洋捕鲸。这一偶然的决定，使他几经生死考验，与海洋和捕鲸船结下了不解之缘。回到美国后，尽管麦尔维尔也曾将自己早期的经历作为小说的素材，但是真正投入进去，将写作看做一项"神圣"的事业，还是

←《白鲸》出版于1851年夏，此时麦尔维尔32岁。作品中穿插了许多有关捕鲸业历史的叙述，详尽描绘了鲸鱼的种类、特性和捕鲸的方法，以及从古至今的有关鲸鱼和捕鲸的记载。因此，《白鲸》被称为"捕鲸的百科全书"。

从写作《白鲸》开始。

捕鲸船上的生命之歌

作为库柏的崇拜者，麦尔维尔在《白鲸》中继承了库柏的浪漫主义写法，小说如同一首悲壮的海洋史诗。故事描写了“裴廓德”号捕鲸船船长亚哈为了报复咬断自己一条腿的白鲸莫比·迪克，几乎航行了整个世界。终于有一天，他与莫比·迪克再次相遇，经过3天的较量，亚哈用鱼叉击中了白鲸，但是他的船被白鲸撞破，自己也被鱼叉上的绳子缠住，带入海里，最终全船的人除了水手以实玛利外都淹死在海里。这个悲惨的结局，既显示了人与自然之间的矛盾，又反映了19世纪美国捕鲸业的现实。

“裴廓德”号的船长亚哈冷静果敢，有着坚强的意志，他与大海斗争了整整40年，虽然屡遭失败，但从未低过头。他也有着刚愎自用、一意孤行的一面，因为被白鲸莫比·迪克咬断了一条腿，他发誓要报复它。为了满足自己的复仇欲望，即使知道追杀白鲸有可能使全船无辜的人丧命，他依然要那样做。而作为亚哈船长对立面的白鲸莫比·迪克，和亚哈一样，既有神秘美丽的一面，又有凶狠残忍的一面。一个是人类恶的代表，一个是自然力的代表，两者之间的生死搏斗实际上是人类与自然之间的搏斗，最后的结局是鱼死、船沉、人亡，一切都归于毁灭。这也暗示着麦尔维尔的生态观——如果人与自然不能和谐相处，那么结果只能是两败俱伤。

在描写人与自然之间斗争的同时，麦尔维尔也较多着墨于海上水手生活的描写。19世纪中叶的美国，正处于资本主义工业文明高速发展的时期，生产力的快速发展与人的物质欲望的极速膨胀，使人类对自身和海洋资源开始进行残酷的压榨，作为当时美国经济重要来源的捕鲸业，就是这一社会现实的缩影。麦尔维尔曾经说过，“捕鲸船是我唯一进过的耶鲁和哈佛”。在这里，他懂得了自然和人类的力量，也懂得了何谓善恶，懂得了世界上最苦的眼泪和最咸的汗水。正因为这样的情感力量和杰出的艺术表现力，《白鲸》标志着美国海洋文学高潮的到来。

海上的燃情岁月

——康拉德的《青春》

啊，青春！它的力量，它的信念，它的创造力！对我来说，这条船并不是为了赚得一点运费而装着大量煤炭跑江湖的破烂货——对我来说，它是生活中的奋斗、考验和磨炼。我充满喜悦、爱抚和悔恨之情想到它——就像想到一个生前被你爱过的人一样。我将永远记住它……把酒瓶递给我。

——《青春》

↑约瑟夫·康拉德（1857—1924），出生于波兰南部的别尔吉切夫（现属乌克兰）。29岁时加入英国国籍，但那时他基本上还不懂英文。靠着坚忍不拔的精神，他一边在海上航行，一边在船上学习英语，最终成为英国20世纪八大作家之一。

从异乡客到海洋文学之父

约瑟夫·康拉德是英国杰出的小说家，同时也是当时著名的航海家。12岁时，因父母双亡，他便跟随舅舅一起生活。康拉德从小就敏感而孤寂，唯一感兴趣的就是读小说，尤其是英国小说家弗里特里克·马略特的海上冒险故事和法国作家雨果的《海上劳工》。也许是受其影响，少年康拉德萌生了去海上生活的愿望。16岁时，他离开家去追逐自己的梦想，来到法国马赛，在一艘货船上当见习水手，从此开始了他长达20年的海上生活。从一名普通水手到一船之长，康拉德在这20年中既经受了暴风雨的考验，又忍受了海上漂泊的孤独和艰辛；既领略过大海的美，又见识过它巨大的破坏力，这种朝夕相处的感情深入他的骨髓。也是在航海的途中，康拉德学会了英语，这不仅让他找到了一个可以居住的国家，同时也为他打开了英国文学的大门。这位30岁还是英文文盲的水手，凭借着早年在海上与风浪打交道的经历和身

青春（节选） 康拉德

我认为，这就是海的奇妙之处。是海本身就是这样，还是人们的青春使它这样，谁又说得清楚呢？但是，你们在这儿的所有人总会在生活中碰到一些事情，比如金钱，爱情，不管是哪一件事，如果它是同海岸有关的，那么请告诉我，最好的机会是不是当我们年轻时航行在海上。除了年轻，就不会有什么东西了，因为大海除了沉重的打击以外，不会再给你什么东西——有时也会给你一个机会，让你感到自己是有力量的。但即使只是这一点，你又有什么可以懊悔的呢？

上那股不屈不挠的水手精神，在42岁时写出了海洋文学的经典之作《黑暗的心》，此后一发不可收，《青春》、《台风》、《阴影线》等多篇脍炙人口的海洋文学作品光华夺目，使他成为英国文学史上举足轻重的小说家。

一个水手的青春

从17岁到40岁，从青年到中年，康拉德把一生中最美好的年华都献给了大海，这也使他常常将大海与一个人的成长联系起来。他笔下的大海尽管也充满了暴风骤雨，充满了痛苦绝望，但总体来说是一个简单而纯粹的世界，在这个世界中真正澎湃的只有人的内心世界。《青春》就是康拉德用来考察人类复杂而变幻莫测的内心世界的小说之一，它叙述了年轻的水手马洛在一次去往泰国的航程中遭遇了种种困难，但是因为有青春在，马洛在与这些困难搏斗的过程中，始终保持着乐观向上的英雄气概。他尽情享受着青春的愉悦，内心始终涌动着一股力量，这股力量使他能够与这艘破船和船上的水手们同欢乐、共患难、俱爱憎、齐努力以至于共生死。在航行过程中，由于遭遇巨浪，船身漏水，马洛和水手们不得不一班接一班地拼命抽水，即使已经筋疲力尽，抗争与努力仍在继续。在货仓起火的时候，许多船员受了伤，烧了眉毛、头发、眼睫毛，皮肉被撕破；在“犹太号”沉没后，他们又划着救生艇，在茫茫大海上，顶着烈日和狂风划了几天几夜……这些苦难，在年轻的马洛看来，只是成长的磨炼和生命的考验。他在大海中，在青春里，感受到了真正的光荣和人性的力量。

在《青春》中，康拉德不仅歌颂了海洋，还歌颂了“由海洋而生的做人的美德”——在绝望时仍保存人格的高贵。康拉德的海洋小说中，总是有着这样的水手精英，他们不但拥有力与美，也身负着责任感、忠诚、团结、坚毅等优秀品质。正如著名评论家利维斯评价的那样，康拉德对航海传统所代表的人类美德抱有极强的信念，康拉德的海洋小说中展示了人类内心深处的道德力量——“最纯洁的力量”。

康拉德的海洋历险小说的特点是以象征手法去描写海洋，将海上风暴和人物内心的起伏相结合，发掘人物心灵深处的道德力量。在他的作品中，海洋是现代社会的一个缩影，航船在大海中遭遇的种种劫难与人类在现实世界中遇到的劫难并无二致。着重刻画一个人“成长”的心路历程，是他对海洋历险小说最独特的贡献。

“超人”的精神悲剧

——杰克·伦敦的《海狼》

我宁愿当飞灰也不作尘土！/宁肯在灿烂光芒里燃尽我的火花，/断不愿被锈蚀。/我宁愿当一颗流星 每一个原子都闪耀强光，/断不做沉睡的恒星。

——《海狼》

↑杰克·伦敦（1876—1916），出生于美国旧金山，美国著名作家。他喜欢与狂风怒涛搏斗，喜欢狂野世界中的野蛮生活，被称为“马背上的水手”。

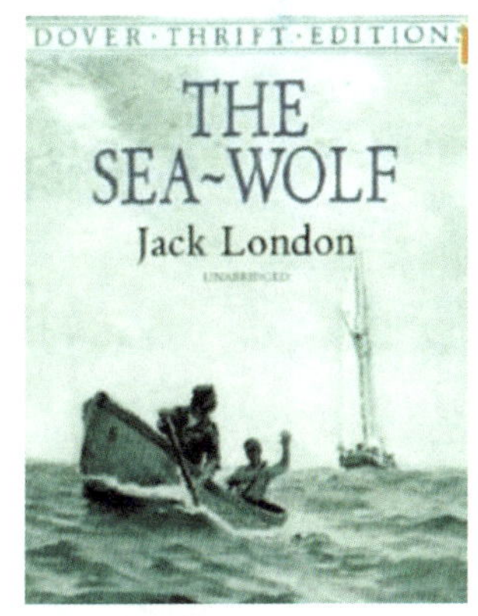

《海狼》出版于1904年，主人公“海狼”赖生与众不同的气魄给美国的小说界注入了新鲜的空气。

故事发生在茫茫的大海上。作家亨甫莱·凡·卫登乘船返回旧金山时遭遇沉船，被专门猎捕海豹的“魔鬼号”救起，但是船主赖生强迫他跟随“魔鬼号”一起出海。在船上，亨甫莱既做仆役又要陪赖生谈诗歌、谈理想，他的处境完全由赖生的心情所决定。一次，“魔鬼号”在台风中救出了5名旅客，其中有一位名叫布鲁斯特的女记者。相处中，赖生渐渐喜欢上她的美丽和智慧，并企图强行占有她，当抱住她的时候，赖生正好头疼发作，布鲁斯特和亨甫莱趁机逃了出去，来到了一座荒岛上。不久，“魔鬼号”也在荒岛上搁浅，此时的赖生已经双目失明，但是他还是能感觉到他喜欢的人的气息。他找到了布鲁斯特和亨甫莱，企图与他们同归于尽，但命运最后还是让这个具有强大生命力、永不服输的人孤独地病死在“魔鬼号”上。

由海洋造就的赖生，在与海洋的朝夕相处中，内心时刻处于一种不断战斗的状态。他出生在一个贫穷的海上渔民家庭，很小就踏上了航船。在船上，他被人们拳打脚踢，恶语相加，无人庇护的他只能学着自己保护自己。水手生活，给赖生打开的关于世界的窗口，这是一个弱肉强食的世界，他逐渐认识到，人只有自身强大才能战胜别人，由此成为永不停战的“海狼”赖生。“人性”和“兽性”在他的身上不断激战着，使他成为一个喜怒无常、令人琢磨不透的人。这种琢磨不透也使“海狼”成为海洋文学史上一个极富个性魅力的形象。

杰克·伦敦17岁时，曾跟一艘专门捕猎海豹的船只签约，当了一名水手，在太平洋上漂了7个多月。后来，杰克·伦敦把这次去日本海捕猎海豹的故事写了下来，参加了《呼声》杂志的比赛，还被评为第一名。这件事令他萌生了要成为一个文学家的愿望。为了实现自己的作家梦，杰克·伦敦决定投考大学。他一边工作一边自学，终于在20岁那年如愿考上了加利福尼亚大学。但此时，因为家庭的困难他不得不放弃学业，加入阿拉斯加淘金的行列中。在阿拉斯加，他经历了严寒和疾病，最后得了疟疾回到家中。生活一次次将他推向远离幸福的地方，但是苦难却赐予了他一个作家所应具备的最好的人生体悟和写作素材，他的作品因为有着自己的血与泪，至今都排在畅销榜上。

“斯那克”号与杰克·伦敦的海洋小说

1905年，杰克·伦敦与自己的第二任妻子茶弥安结婚。这时正值杰克·伦敦事业发展的黄金时期，于是他决定造一艘船，驾着它带妻子一起环游世界。这艘船就是“斯那克”号。1907年，杰克·伦敦和妻子从旧金山港出发，开始了长达7年的海上旅行。在船上，他们遭遇过船只漏水，迷失过方向，经历过龙卷风，忍受着难以想象的病痛。但是杰克·伦敦冷静的头脑和过人的体力总能使他们化险为夷。在这段时间，杰克·伦敦根据自己的成长经历，完成了自传体小说《马丁·伊登》，他又把“斯那克”号建造和下水的详细过程写成小说《不可思议的奇奇怪怪》，把航海过程中的见闻写成《冒险》，把“斯那克”号迷失航向的事写成了短篇小说《寻路》。“斯那克”号在太平洋上航行的过程，是杰克·伦敦创作海洋题材小说的高峰期，在这些小说中，既有对大海变化无常的细致刻画，又有对海岛上受尽白人殖民者剥削和迫害的土著人的同情，因此这些海洋小说中充满了浓浓的人道主义的关怀。

杰克·伦敦的妻子茶弥安同样具有冒险的精神与坚强的意志。在海上航行的几年中，她不但要照顾病痛中的杰克·伦敦，而且要自己掌舵驾航，杰克·伦敦将其视为妻子、同志和志同道合的朋友。

↑杰克·伦敦和他的第二任妻子茶弥安

在梦想和自由的流放地

——海明威的《老人与海》

↑欧内斯特·海明威（1899—1961），出生于美国芝加哥附近的奥克帕克村，被公认为美国20世纪“天才小说家”。

> 人生来不是被打败的。人可以被毁灭，但不能被打败。
>
> ——《老人与海》

一个叫桑提亚哥的老人，已经有84天没有捕到一条鱼了，这对一个一贫如洗、无依无靠的老渔民来说是一个致命的打击。更令他痛苦的是，周围人都认为他交上了厄运，怀疑他的能力。他身边唯一的一个朋友——小男孩曼诺林也被父亲拉走了，老人陷入了孤独的境地。但是，这个几十年都在风雨中颠簸，与大海抗争的老渔民并没有畏缩和退却，第85天，他又扬起那用面粉袋补了又补的破帆，带着自己的工具，驾船出海了。

↓《老人与海》出版于1952年，1953年获普利策奖，1954年获诺贝尔文学奖，堪称海洋文学中的杰作。

这一次他去了更远的海域，在那里他遇到了一条大马林鱼并最终制服了它。当老人心满意足地拖着它准备回家的时候，没料到在途中被鲨鱼袭击，老人只能眼睁睁地看着它们把马林鱼撕咬得只剩下一副鱼骨。虽然如此，他仍然感到很骄傲，当他拖着沉重的步子回到家中睡下的时候，梦中他看到的是象征着勇敢的非洲金色海岸上嬉戏的狮子。

桑提亚哥是海明威笔下“硬汉”中的一个，在与大自然的抗争中，他始终保持着人在“重压下的优雅风度”。在他眼里，万物都是有灵性和尊严的。他衷心欣赏着自己的对手，制服马林鱼的过程对他来说并不是为了证明什么，而是一种带有尊严的生活的象征。在他眼里，大海就是一个他所

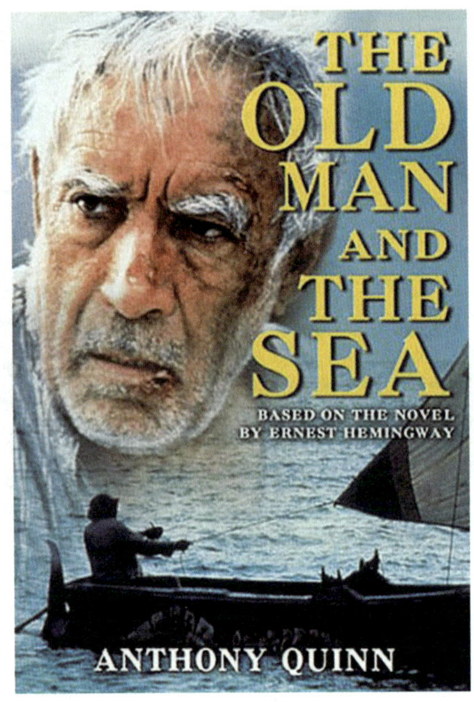

↑1958美国电影《老人与海》的海报，由史宾塞·屈塞主演，获第31届奥斯卡最佳男主角提名。

↑1999年《老人与海》海报。该片由来自俄罗斯的年轻导演亚历山大·佩特罗夫拍制，他怀着对海明威《老人与海》的热爱和尊敬，将其改编为动画片，获得第72届奥斯卡最佳动画短片奖。

喜爱的女性。海明威对大海和生命的态度，结束了之前海洋历险小说中人与自然的敌对关系，走向了生死与共的和谐，同时也提出了20世纪人类社会一个新的问题，那就是人类如何处理更为复杂的与自身之间的危机。

小说出版于1952年，当时美国经济处于全面萧条期，大批的工人失业，如同作品中老人在第84天没有捕到鱼时的心情一样，人们对社会的信心处于崩溃的边缘。而《老人与海》的出现，无疑给美国人找回了继续拼搏的勇气。

海明威中学毕业之后就带着年轻而幼稚的想法投身于第一次世界大战，在战争中他九死一生，带着满身伤疤和心灵上难以治愈的创伤回到美国。这次经历使他创造了“迷惘的一代”的文学，书写了和他一样憎恨战争、内心迷茫的一代年轻人的痛苦。第二次世界大战爆发后，海明威来到了中国，向国际社会报道了中国抗日战争的情况。在“二战”中他多次受伤，这给他未来的生活埋下了痛苦的伏笔。因为伤病，他的精神很不稳定，需要依靠惊人的毅力才能完成写作，这个时候许多人都说他已经江郎才尽了。经历过太多生与死考验的海明威，在这个时候以一种前所未有的平静写了《老人与海》，达到了事业的高峰。1961年7月2日，因疾病的困扰和精神的崩溃，海明威用一把猎枪结束了自己的生命。

海明威与马林鱼

海明威不仅和《老人与海》中的桑提亚哥有着相同的人生经历，而且和他有着极为相似的与大海打交道的具体体验。他常乘坐自己定制的“拜勒”号游艇到基维斯岛和别米尼岛外捕鱼。有一次他曾搏斗半个多小时，独自将一条大鲨鱼钓出水面，拖进船舱。他对马林鱼的生活习性和有关知识十分熟悉。由于他的介绍，两位鱼类学家修改了关于马林鱼及其在北大西洋分布情况的研究报告。为了表示对他的尊重和赞扬他对加勒比海及其鱼类的热爱，人们将一种玫瑰色的鱼命名为“海明威新马林”。

在已知和未知的世界漫游

——凡尔纳的海洋科幻世界

科幻小说诞生于19世纪，是欧洲轰轰烈烈的机器革命带给文学界的一份贵重礼物。科学技术的大步向前不但改变了人们的日常生活，也使人们对未来充满了幻想和好奇。了解海洋、拥抱海洋成为一个时代的风尚，凡尔纳的海洋科幻小说无疑成为这一时代的印记。

在许多传记中，凡尔纳都被描述成一个游历过许多地方，有着丰富的人生经验，富有传奇色彩的人。事实上，凡尔纳的真实生活与他书中主人公的冒险生活截然不同——他的一生平淡无奇。然而，就是这个一生没有出过几次远门，总是钻在书本与机器之间，沉溺于幻想的凡尔纳，为当时的人们描绘了一幅幅海洋世界的图画：波澜壮阔的大海，绚烂多姿的水下世界，令人称奇的海底生物……

大海·自由·幻想

> 地球上最先形成的是海洋，谁知道当地球消失的时候最后剩下的会不会是海洋呢！大海就是至高无上的宁静。
>
> ——儒勒·凡尔纳

↑儒勒·凡尔纳（1828—1905），19世纪法国著名的海洋科幻小说家和冒险小说家，被称为“科幻探险小说之父”。

凡尔纳出生于法国西北部的海港城市南特，这座城市对凡尔纳的一生产生了重要的影响。幼年时，凡尔纳的嬉戏地仅限于码头，每当商船停靠于此，凡尔纳总是会被忙碌的水手们和他们带来的新奇事物所吸引。当这些商船再一次扬帆起航的时候，凡尔纳的心又会随着那悠长的汽笛声涌起无限惆怅。也许就是在这一刻，凡尔纳的心中升腾起了长大以后要在大海上航游、驶向远方的梦想。

凡尔纳与大仲马

凡尔纳从小喜欢科学，喜欢幻想，但律师父亲给他安排的人生道路是子承父业。18岁那年，父亲让他去巴黎学法律，一个偶然的聚会上，想要早退的他趁人不备，沿着楼梯扶手悠然滑下，却撞在一位胖绅士身上。凡尔纳尴尬道歉之后，随口询问对方是否吃过饭，绅士说刚吃过南特炒鸡蛋。凡尔纳听了摇头说，巴黎的这道菜肯定不正宗，胖绅士便邀他登门掌厨。这位胖绅士便是当时法国最著名的能吃会写的作家大仲马。此后，凡尔纳便吃住在大仲马家，并跟着大仲马学习写作，在其影响下走上文学之路，以至于大仲马的儿子小仲马曾经感慨地说，就文学而言，凡尔纳更应该是大仲马的儿子。

11岁的时候，凡尔纳曾背着家人跑到一艘将要开往印度的商船上当见习水手，结果被家人发现了。父亲在商船停靠的下一个码头，将凡尔纳追了回来并狠狠打了他一顿，年少的凡尔纳便流着泪保证，以后只躺在床上靠幻想去旅行。大海梦的破灭激发了凡尔纳更加丰富的幻想，他用了30多年的时间，去释放折断于11岁那年的驶向远方的梦想。凡尔纳一生出版了66部长篇和短篇小说集，其中大部分是关于海洋的。他的作品中旋转的各色无穷无尽的幻想，带领读者和他一起，穿越时光隧道，走向未来的世界。

跟着凡尔纳去旅行

凡尔纳最有名的海洋科幻小说是他的三部曲《格兰特船长的儿女》、《海底两万里》和《神秘岛》。

↑《格兰特船长的儿女》

《格兰特船长的儿女》1868年出版。故事发生于1864年的一天，苏格兰贵族格雷那万爵士和妻子及表兄纳布斯少校正在海上试航，船长突然报告附近出现了一条鲨鱼。出于新奇，他们决定看看船员是如何捕捉鲨鱼的，但没想到这条鲨鱼改变了他们以后的行程和生活。在鲨鱼的肚子中，他们发现了一个装有文件的漂流瓶，从中他们得知，两年前在海上神秘失踪的苏格兰航海家格兰特船长还活着。出于对格兰特船长的尊敬，他们找到船长的儿子罗伯特和女儿玛丽，一起驾驶着“邓肯号”去寻找格兰特。他们先是到了南美洲，然后又横穿美洲大陆，最后才知道船长的遇难地点是在澳大利亚，于是又辗转前往。途中，他们被格兰特船长原来的水手艾尔顿的花言巧语所蒙蔽，错误地前往澳大利亚大陆寻找船长，结果遇到了吃人的土著人，经过千辛万苦才逃到太平洋的一个荒岛上。这时，奇迹发生了——他们苦苦寻找的格兰特船长正在那里。

↑《海底两万里》

《海底两万里》讲述了一艘名叫“鹦鹉螺”号的潜艇的故事。1866年，海上突然出现了一个巨怪，它威力无比，能将一艘大海轮的船身钻出一个规则的缺口，这引起了社会各界的恐慌。为此，美国政府决定派一支远征队清除海怪，法国生物学家阿龙纳斯教授和仆人康塞尔、加拿大捕鲸专家尼德·兰参加了远征队，一起登上了远征战舰。经过3个多月的追寻，巨怪终于露面了，然而无论是炮弹还是尼德·兰的鲸鱼叉对它都无济于事，巨怪向战舰射出两股巨大的水流，把阿龙纳斯、康塞尔和尼德·兰一起冲进了海中。醒来的时候，他们已经在这个巨怪的背上了——原来这并不是什么巨鲸，而是一艘叫做“鹦鹉螺”号的潜艇。船长尼摩害怕他们泄露自己的秘密，于是软禁了他们，让他们跟随“鹦鹉螺”号做了将近10个月的海底两万里的环球航行。在航行中，他们历尽艰险，有时遇到冰山，有时被章鱼围攻，有时又被敌舰偷袭，然而尼摩凭借自己过人的智慧，战胜了一切。但是最后，阿龙纳斯因无法忍受尼摩对一艘不明船只的疯狂报复，和同伴一起逃离了潜艇。

《神秘岛》以美国南北战争为背景，叙述了5名被南方军队俘虏的北方士兵以及一只叫托普的小狗，打算乘坐热气球逃出营地，却在逃亡途中遭遇暴风雨，跌到南太平洋上一个荒无人烟的小岛的故事。在岛上，他们自己制造鼓风机炼铁，烧制器皿，将找到的一粒麦子播种到土地里，期望通过自己的智慧将这座荒岛建成一个文明的“小美国”。不久，他们却发现了12年前被格雷那万爵士放逐海岛的艾尔顿，并且在遭遇海盗袭击的时候察觉，一直以来都有股神秘的力量在帮助他们。在来到岛上的第四年，他们终于见到了那股神秘力量的真面目——印度达卡王子，也就是在海底生活了30年的尼摩船长。在尼摩船长的帮助下，他们顺利地回到了美国，重新开始了幸福的生活。

↑《神秘岛》

凡尔纳的月球三部曲

海洋科幻三部曲之外，《从地球到月球》、《环月旅行》和《倒转乾坤》可称为凡尔纳的月球三部曲。这三部作品同样充满了无尽的想象，在凡尔纳幻想的王国里，前一个三部曲讲的是大海，而这个三部曲的重心是太空。鲁迅先生当年翻译《从地球到月球》时就惊叹："中国人做梦梦的是金榜题名，洞房花烛，而法国人却在幻想征服月球。"

凡尔纳最大的贡献在于，他把海洋探险故事融入科幻小说，引发了人们对海洋世界的巨大兴趣，使人们将目光转向了与海洋有关的科学研究当中。美国青年科学家西蒙·莱克——潜艇的发明者之一——在自传中说，"儒勒·凡尔纳是我一生事业的总指导"。作为一个科幻小说家，凡尔纳的科学幻想并非凭空而来，他翻阅了大量的图书资料，进行了合理的科学推理，所以在100多年前看来是天方夜谭的潜艇、宇宙飞船，在今天都已成为现实，这使凡尔纳的海洋世界光芒独具，人们称他既是科学家中的文学家，又是文学家中的科学家。

↑《地心游记》是凡尔纳的一部完全假想的科学幻想小说，以丰富的地层学和地质学知识把我们带进一个神奇的世界。由此改编的好莱坞大片《地心历险记》掀起3D电影热潮。

世界上第一个发现时差的人

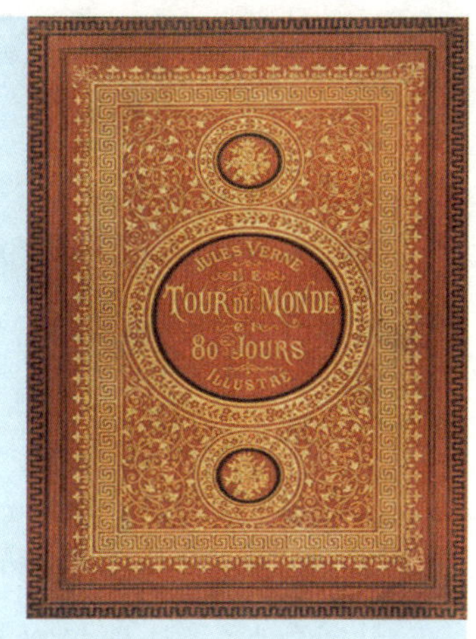

↑《环游世界八十天》

除去海洋三部曲外，凡尔纳还有一部非常令人称道的海洋科幻小说——《环球世界八十天》。小说讲述了一位名叫福格的英国绅士，以两万英镑的赌注与朋友打赌，他80天能够环游世界一周。第二天福格就和仆人万事通一同踏上了环游世界的路途，但是一开始他们就遇到了麻烦，一个英国警探误以为他们是银行劫案的劫匪，对他们进行通缉和追捕。最终福格和万事通依靠自己的智慧，克服了重重艰难险阻，绕地球一圈回到伦敦，但比预定的时间晚了五分钟。就在福格心灰意冷的时候奇迹却发生了，万事通发现他们提前一天到达伦敦——原来他自西向东绕地球一周，利用时差正好节约了一天的时间，凡尔纳由此也成为世界上第一个发现时差的人，而福格和万事通穿越海洋和大陆、见识各种风土人情的冒险经历也非常引人入胜。

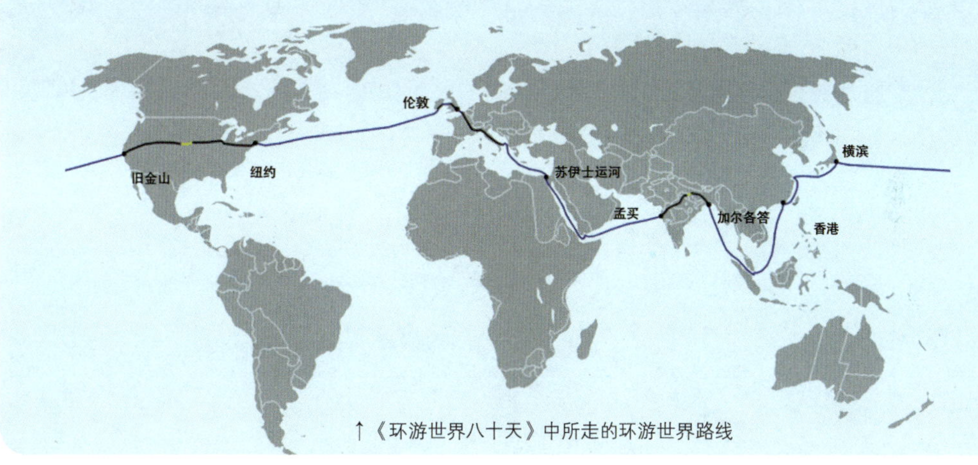

↑《环游世界八十天》中所走的环游世界路线

凡尔纳对科学技术所持的乐观态度，使他的海洋科幻小说充满了向上的力量。如在《海底两万里》中，凡尔纳让读者追随尼摩船长、阿龙纳斯教授等人在海底狩猎，游览海底森林，探访沉没的废墟，打捞珍宝，与章鱼、鲨鱼搏斗，饱览了海底世界的奇景异观。大海一改在往日文学作品中的孤独背影，变得生机勃勃，因此，凡尔纳海洋科幻小说中非凡的想象力和探险精神，吸引了一代又一代的儿童。100多年来，凡尔纳小说被改编为许多电影及动画片，风靡全世界。

科学时代的预言家——凡尔纳

凡尔纳小说中的许多奇幻想象和大胆预言在之后都变成了现实。

《海底两万里》中，凡尔纳超前几十年想象出了潜水艇——“鹦鹉螺”号。所以，人类第一艘潜水艇就起名为“鹦鹉螺”号，而第一艘核潜艇也叫“鹦鹉螺”号。

《太阳系历险记》中，尽管当时尚未发现冥王星，凡尔纳却写到在海王星之外还有一颗行星。

《环绕月球》中，主人公已经登月，3位探险家坐在一颗巨型炮弹中被射上月球。

《20世纪的巴黎》中，出现了传真机、通讯网络、摩天大楼等一系列超时代的东西。

当时，距离莱特兄弟发明飞机还有几十年，但直升飞机在凡尔纳小说中已经出现。凡尔纳在小说中引领读者进行了一系列的穿越。

海洋文学中的儿童王国

如果说成人眼中的大海变幻无常、惊险刺激，那么，孩子眼中的大海又是什么样子的呢？

在阴暗而寒冷的北海岸边，用鹅毛笔书写童话故事的安徒生，告诉了孩子们一个关于“爱”的故事。斯蒂文森在大海里实现了自己的英雄梦想，以此超越平淡乏味、失去激情的现实世界。在孩子的眼中，大海有美丽的岛屿，有爱晒太阳的美人鱼，有海盗、野兽。詹姆斯·巴里说，“这一切都是真的，就看你是否相信”。就在这样一个相信爱、相信科学、相信幻想、相信生命的意义的海洋文学的儿童王国里，大海陪伴着儿童一起快乐地成长。在他们彼此的眼中，看到的都是最美好的对方，因为他们是最亲密的伙伴、最温柔的老师、最忠实的听众。

《海的女儿》

——大海深处的忧伤

在海的远处，水是那么蓝，像最美丽的矢车菊的花瓣，同时又是那么清，像最明亮的玻璃。然而它又是那么深，深得任何锚链都达不到底……

——《海的女儿》

安徒生（1805—1875），出生于丹麦第二大城市欧登塞的一个贫民家庭。父亲是一个鞋匠，母亲靠洗衣赚点零用钱。他做过演员，写过诗、剧本，但使他的名字家喻户晓的原因，却是他所创作了170多篇童话。

1837年，32岁的安徒生走在哥本哈根的大街上，他神情冷漠，内心沮丧。从14岁离开家乡欧登塞到这一天已经18年了，可是“丑小鸭”还是没有变成“白天鹅”。尽管小说《即兴诗人》的出版使他赢得了国际声誉，两部童话集的销量也很好，但是贵族阶层还是不肯接纳这个鞋匠的儿子。因为门第和经济的原因，安徒生的第一位女友这时也嫁给了别人，这对他的打击非常大。在迷茫和彷徨之际，他突然想到了他的童话叙事长诗《阿格奈特和人鱼》中6个人鱼公主的命运。这6个人鱼公主是海王和王后阿格奈特的女儿，但是王后阿格奈特不喜欢海底的生活，她热爱人

间，最后她抛下荣华富贵和6个年幼的孩子，游向了她向往的世界。尽管这首叙事诗反应平淡，但是这6个人鱼公主的命运却一直萦绕在安徒生的心间，他总是在想：她们长大了会怎样，也会和他一样经历失落和痛苦吗？《海的女儿》就是在这样的背景下写成的。

这是一个充满了牺牲精神的悲剧故事。美丽高贵的小美人鱼是海王的小女儿，她向往人间的生活，从小就憧憬着像姐姐们一样浮上海面去看看人间的世界。当她15岁第一次被允许浮出海面时，恰巧遇到一场风暴，她救起了海上落难的王子，并且不由自主地爱上了他。于是，她找到海底的巫婆，请求她给自己一双和人类一样能够自由行走的双腿，但她必须用自己最美妙的声音交换。而且即使她到了人间，如果她得不到王子的爱，在王子和别人结婚的第二天早晨，她就会变成海里的泡沫。

尽管如此，小美人鱼还是毅然地吃下了巫婆给的药，鱼尾变成了双腿，可她之后行走的每一步都如同踩在刀刃上般疼痛。王子在宫殿前发现了小美人鱼，把她带进了宫中。王子虽然也喜欢她，但最终迎娶的却是邻国的一位公主——王子一直认为是那位公主在海难中救了他。在婚礼的当晚，小美人鱼的姐姐们用自己的长发从巫婆那里换来了一把短刀——只要小美人鱼用它刺死王子，让他的血流到她的腿上，她就会恢复原来的样子，就可以继续回到海里享受她300年的生命。但是，善良的小美人鱼不忍心伤害王子，她不愿用别人的幸福来换取自己的生命。她将短刀扔进了大海，从船上纵身一跃，化为大海中的一个泡沫。

小美人鱼的故事已流传了许多年，世界上的许多国家、许多角落、许多人都曾为之感动落泪，感慨小美人鱼对爱情的执著和牺牲。小美人鱼耗尽全身的力气，去追求的是一个更博大的精神世界，在那里有着永恒——爱的永恒，这种永恒和她在海里得到的300年无忧无虑、无风无浪的生命相比，是那么的吸引人，那么的纯真美丽。

在小美人鱼的故事背后，是安徒生在现实生活中同样令人唏嘘的对自身价值的追求。安徒生一生都在为获得声名和荣耀而奋斗，为了得到上流社会的认可，他不得不俯首低眉、点头哈腰，可是在内心深处，他依然天真、执拗。这种性格的分裂使安徒生也像小美人鱼一样，前进道路中的每一步，都如同踩在刀刃上一般疼痛。

在小美人鱼的身上，我们看到了坚强、勇敢、善良，这正是她所生长的地方——大海赋予她的。大海的深广、绚烂使小美人鱼的童年生活自由而随性，海底世界温情、宽容，有着丝毫不亚于人类世界的美好情感。小美人鱼身上由大海培育的性格，也得到了依海而生的丹麦国民的推崇。今天，“海的女儿”依旧是丹麦的象征。如果你有机会来到哥本哈根，也许还会看到，在大海的深处，小美人鱼依然在眺望远方……

↑ 丹麦的美人鱼雕塑。世界上有两座美人鱼雕塑，一座位于波兰的首都华沙，一座位于丹麦的首都哥本哈根。

《水孩子》

——涤洗灵魂的净化之海

"水蜥，你如果要见识世界，现在是时候了，孩子们，来吧，不要管那些讨厌的鳗。我们明天就要有鲑鱼当早饭了，下海去，下海去！"

——《水孩子》

↑查尔斯·金斯莱(1819—1875)，19世纪英国著名作家，毕业于剑桥大学，学识渊博，曾被任命为英国最著名的大教堂西敏寺的牧师，《水孩子》是其代表作。

《水孩子》是英国著名童话作家查尔斯·金斯莱创作的童话。作为一部写给自己4岁儿子的幻想故事，《水孩子》的意义在于用幻想的方式突破了当时以训诫为主的教育方法，通过小汤姆在大海中的一番奇妙经历，轻松愉快地告诉孩子们如何才能成为一个勇敢善良、胸怀宽广的人。

作品讲述了一个扫烟囱的孩子小汤姆如何通过自身的努力实现道德完善的故事。小汤姆是葛林姆斯的学徒，葛林姆斯对他非常粗暴，动不动就打骂他，还不让他吃饱。在这样的环境中成长起来的小汤姆变得非常自私，他最大的梦想就是长大后成为葛林姆斯这样的人。一次，小汤姆随葛林姆斯去约翰·哈特荷佛爵爷府扫烟囱，因为误闯公主爱丽丝的房间而被仆人当成小偷，在他逃跑

的时候，不小心跌入水中，变成了一个水孩子。变成水孩子后的汤姆依旧调皮捣蛋，他一会儿逗螃蟹，一会儿捉弄鳟鱼，但很快他就感到了缺少同类的孤独，于是决定游向大海寻找其他的水孩子。经过一路追寻，他终于在海边的白沙滩上找到了同类，并跟随他们一起到了仙女岛。在仙女岛上，汤姆在惩恶仙女、待善仙女和爱丽丝的感化下决定改变自己，做一个讨人喜欢的人。仙女们告诉他，要做一个受人欢迎的绅士，就要去外面的世界帮助自己不喜欢的人。汤姆首先想到的是自己的师父葛林姆斯。他先是在海豚、鲱鱼等的帮助下来到光辉城，然后在冰冷的海水中游了七天七夜，又在慈爱仙女的帮助下来到“天外天”找到了师父。汤姆帮助了师父，自己也从水孩子变成了一个有教养的受欢迎的人。

当时的英国，依旧把文学看成救治社会的良药，尤其是儿童文学中充满了教化和训诫的味道，这在汤姆变成水孩子走向大海的情节中就有所反映。在《水孩子》中，大海无疑是生命的摇篮，是海底的婆婆剪出了一个又一个生命。作品中的这些幻想，使它不似同时期只有训诫味道的作品那么乏味，而它告诉孩子们的道理简单却充满了生命的活力。在汤姆一个人悠闲自在地在河里生活的时候，他听到了一个召唤他的声音——“下海去！下海去！”这个声音也许来自水底的鳗鱼，也许来自老獭，也许来自三个美丽的小姑娘，但更来自汤姆内心对这平淡无奇的生活的厌倦，对更大的世界的向往。他决然地向大海游去，在那里，他看到了一个广博而精彩的世界。如果不曾走这一遭，他也许永远生活在一个狭小而黑暗的内心世界中——世界上只是多了一个葛林姆斯。大海使汤姆感受到了生命的意义，他懂得了人降生到这个世界上，就与整个世界的其他人联系在了一起，只有帮助了别人，自己才能够成长为真正的男子汉；只有去外面的世界，才能完成灵魂的修炼。如此看来，在冰冷的大海里游走了七天七夜的汤姆，去寻找的并不是需要帮助的葛林姆斯，而是自己完美的灵魂。

《金银岛》

——穿越平庸的水手之歌

到无边的大海里去吧！让财宝都见鬼去！是大海而不是财宝让我转动着头颅。

——《金银岛》

↑罗伯特·刘易斯·斯蒂文森（1850—1894），出生于苏格兰，著名儿童文学作家，诗人。

1894年12月3日，当英国弥漫着大雾的时候，南太平洋上的西萨摩亚岛依旧是阳光明媚。吃过下午茶的斯蒂文森正想出门走走，不想刚站起来就一头栽倒在椅子上，再也没有醒过来。西萨摩亚岛上的居民得到这个消息后悲痛万分，他们忘不了这个体弱多病的作家在西萨摩亚岛即将被列强瓜分的时候，坚定地和他们站在了一起。经过其继子的努力，当地政府同意将斯蒂文森葬在能够俯瞰太平洋的瓦埃亚山，他的墓碑上刻着他最喜爱的《安魂曲》中的诗句：

他安卧在自己心向往之的地方，
好像水手离开大海回故里，
又像猎人归心似箭下山冈。

44岁的斯蒂文森真的安卧在他心之向往的大海身旁，从此卧听海涛闲话了。

↑《金银岛》剧照

斯蒂文森出生于苏格兰一个有名的建筑师家族。身为灯塔建筑师的父亲希望儿子能够子承父业，所以大学时斯蒂文森学了土木工程和法律专业。然而这一切都不是斯蒂文森所喜欢的，他喜欢徒步行走在原野之上，喜欢乘着独木舟徜徉于大海之上，喜欢漫游在异乡的大街小巷，所以他的一生只受理过四次委托业务。斯蒂文森从28岁开始发表游记，直到生命的最后一刻还在修改自己的小说，可以说他把毕生的热情都献给了文学。

《金银岛》发表于1883年，是斯蒂文森最著名的作品，讲述了一个叫吉姆·霍金斯的小孩阴差阳错地去海岛寻宝的故事。吉姆和父母在海边开了一家客栈，一天，来了一个叫比尔的船长，他嗜酒如命，脾气暴躁，人们都很害怕他，但是吉姆非常喜欢听他讲海上那些充满传奇色彩的冒险故事。比尔给吉姆带来了海上生活的惊险和刺激，同时也带来了宝藏的秘密。他躲在客栈里其实是为了躲避各方海盗，他的身上有一份海盗普林特船长遗留下来的藏宝图，人人都想得到它。后来因为饮酒过量和受到过度惊吓，比尔船长死在了客栈，在海盗们赶到客栈之前，吉姆无意间带走了藏宝图。

于是，吉姆和善良的李甫西大夫、慷慨的屈利老尼乡绅、正直的斯摩列特船长还有混进船队的各色海盗一起踏上了寻宝的旅程。在经历了背叛、厮杀、绝处逢生

之后，吉姆也成长为真正的“男子汉”。他善良，面对曾经想伤害他的海盗，依旧给他们留下尽可能多的补给；他勇敢，只身一人返回被海盗占领的帆船，降下了他们的骷髅旗；他信守承诺，答应阴险诡异的独脚水手西尔弗不会逃跑就绝不食言；他藐视金钱，当所有人都带回了属于自己的一份财宝时，他却将属于自己的那份永远地留在了岛上，因为他想到“这些财宝在积聚过程中流过多少血和泪”。吉姆踏上寻宝旅程的动力，不是金钱和财宝，而是比尔船长讲述的那些穿越了平庸琐碎的海上冒险生活。斯蒂文森通过吉姆的故事想告诉人们，能使生活变得多姿多彩、令人感受到生命的跳动和内心安宁的，不是那金光闪闪的财宝，而是人的善良、勇气和正义。

《金银岛》比之以往的海洋儿童小说，增添了惊险的探宝情节——苍茫的大海，一艘潜伏着海盗的寻宝船，力量悬殊的斗争，狡猾多端的对手——这一切都使小说的情节跌宕起伏，扣人心弦。在探宝情节的背后，是作者斯蒂文森对生活的理解。在他看来，生活不应是一潭沉静的湖水，而应是汹涌澎湃的大海，充满激情和力量，每一个人都应该去追逐美好的梦想。惊险的情节和浪漫的情怀使《金银岛》历经百年之后，仍旧魅力不减。

《金银岛》之外的“金银岛”

我们都知道斯蒂文森小说中的金银岛埋藏着巨额财富，但你有可能不知道世界上真的有“金银岛”存在。其实，斯蒂文森的《金银岛》是根据太平洋的可可岛写的，这个岛距离哥斯达黎加海岸约483千米，曾经是17世纪海盗休息的中转站。

据说这个岛上有6处宝藏，其中最吸引人的是秘鲁的利马宝藏。相传当年的西班牙总督在逃离利马的时候携带了大量的金银财宝，他乘坐的“亲爱玛丽”号的船长见财忘义，杀害了他，夺走了宝藏，把它藏在了可可岛上。后来他一直没有机会取回，只留下了一张让世人难辨真假的藏宝图，吸引了世界各地的探宝者。但到1978年，哥斯达黎加政府封闭了该岛，可可岛因此也变得更加神秘。

《彼得·潘》

——海岛狂想曲

↑詹姆斯·巴里（1860—1937），出生于苏格兰，著名的小说家、剧作家。虽然今天我们提起他的名字很少有人知道，但是他创作的小说《彼得·潘》却陪伴着一代又一代孩子长大。

> 不，你知道吗，孩子们懂得的东西越来越多，他们很快就不再相信有小神仙了。只要有一个小孩说："我不相信真的有小神仙。"就会有一个小神仙跌落并消失了。
>
> ——《彼得·潘》

19世纪90年代末，如果经常去伦敦的肯辛顿公园，一定会看到一个身材瘦小的人，他穿着肥大的衣服，牵着一只狗，在公园里给玩耍的孩子们表演戏法。这个人就是小说《彼得·潘》的作者，英国著名的作家詹姆斯·巴里。

詹姆斯出生于苏格兰的一个织布工人的家庭，在家中10个孩子中排行第九。由于母亲只宠爱哥哥戴维斯一个人，所以巴里由姐姐简照顾长大。小时候，他总是趁姐姐不注意的时候，偷偷溜到街上去看流浪艺人的表演，并由此迷上了戏剧。6岁那年，哥哥戴维斯不幸遇难，母亲从此把自己封闭了起来。一天，姐姐对总是哭泣的詹姆斯说："去妈妈的房间，告诉她，她还有个儿子活着。"詹姆斯小心翼翼地走进母亲的房间，母亲用双臂迎接了他，但同时也将压力传递给了他。为了赢得母亲的爱，他穿哥哥的衣服，学哥哥走路的姿势，压抑着自己的意愿。也许是因为童年时期的无拘无束和少年时期的压力，詹姆斯才会如此关注"成长"这一话题，才会如此强调孩子自由发展的权利，才会有《彼得·潘》的问世。

“永无岛”的故事

世界上所有的孩子都会长大，而且必须长大。他们要去上学，要去完成自己或者别人的理想，要去上班，要成为爸爸或者妈妈……但是有一个孩子是幸运的，唯一的一个，他永远长不大也不愿意长大，他就是彼得·潘。彼得·潘一出生就逃到肯辛顿公园，后来又到了“永无岛”。这是一个迷人的小岛，有着长翅膀的精灵，眼睛能够从湛蓝变成草莓颜色的海盗头子，凶残的鳄鱼，会唱歌的美人鱼，像天空的幕布一样宽大的棕榈林，还有一群被大人遗失的孩子。当然，这里绝对没有一个絮絮叨叨的大人。彼得·潘一直在这里快乐地生活着，可是有一天，他感到有点寂寞，但这个不肯承认寂寞、骄傲自负的彼得·潘认为，“永无岛”上这群被大人遗失的孩子总是乱成一团，真的需要给他们找一个母亲了。

↓《彼得·潘》儿童剧剧照

一天，彼得·潘飞到达林太太家，想听听达林太太给孩子们讲的故事，不料大人都不在家，彼得突发奇想，要教会达林太太的三个孩子温迪、约翰、迈克尔飞行，带他们一起去“永无

彼得·潘综合征

在小说中，彼得·潘是一个拒绝长大也永远长不大的小孩，他永远生活在梦幻般的“永无岛”中，生活在无忧无虑的童年世界。我们喜欢童话故事里任性而快乐的彼得·潘，然而在现实生活中，一个人如果也拒绝长大，逃避成长带来的种种烦恼和抉择，过分依赖家人，惧怕承担责任，那么这个人有可能患有“彼得·潘综合征”。

1983年，美国心理学家丹·凯利博士出版了《彼得·潘综合征：那些长不大的男人》一书，用“彼得·潘综合征”来形容那些拒绝长大、拒绝承担责任、心理成熟有困难的人。他指出，这类人渴望永远扮演孩子的角色而不愿成为父母，这种心理有可能来自于对他们关爱有加、保护得很好的童年生活。当一个人在童年时无论什么愿望都能满足时，他就会产生一种错觉，认为生活永远应以快乐为主。而在这样的环境下成长起来的孩子，长大后依然以“我想要做……”为主，而不考虑“我应该做……”这就阻碍了他们与现实世界和他人的沟通和共处。最好的解决方法就是迫使他们自己面对现实。

岛”。在彼得的劝说下，温迪、约翰和迈克尔一起离开家，飞向了“永无岛”。在那里，温迪做了孩子们的小母亲，照顾孩子们的起居，弟弟约翰和迈克尔则跟随彼得一起和海盗船上的海盗打仗……就这样，他们在“永无岛”上一天天地游戏、战斗，直到有一天温迪开始想念母亲，彼得不得不把他们送回现实世界。多年后，当彼得再见到温迪时，他失望地发现，她已经不再是原来的温迪了，她成了真正的母亲，不过这一次彼得又把温迪的女儿带到了“永无岛”。

狂想的自由

“永无岛”是一个“只有儿童能够到达，大人绝对无法找到的地方”，这里的一切都来源于孩子的想象。如果闭上双眼，你能看到凶恶的海盗、会飞的小孩、变幻的池水、喜欢晒太阳的美人鱼，说明你还拥有自由狂想的童年；如果闭上眼睛，你看不到这一切，说明你也许已经长大了。詹姆斯在《彼得·潘》中想要唤醒的或许就是成人内心深处的“彼得·潘”吧！

据说1904年《彼得·潘》首次公演时，当演至小仙女小叮当为了保护彼得而喝下毒药的时候，台上响起了这样的声音：“你们信不信有小神仙？要是你们相信，就拍手，千万不要让小叮当死去！”台下的观众在片刻沉默之后，报以雷鸣般的掌声。直到今天，仍然有许多爱幻想的成年人和小孩子相信小仙子，相信彼得·潘的存在，因为，彼得·潘象征着一段狂想的岁月。

迪斯尼动画片《奇妙仙子》（*Tinker Bell*）中的小叮当

《彼得·潘》中的小叮当是一个脾气不好，总爱吃醋发脾气，会气得满脸通红的小仙子。她伴随着初生婴儿的欢笑而诞生，只有孩子们相信她的存在，她才能延续自己的生命。在最初的舞台剧里，小叮当没有具体的形象，都是以一个光点来表现，直到在1953年迪斯尼制作的动画《小飞侠》里她才幻化成一个美丽的小女孩，一头金发，穿着时尚，浑身金粉，说话清爽干脆。除了她率真的性格，魔法也使她成为迪斯尼乐园中最受孩子们欢迎的角色之一。2008年迪斯尼开始推出完全以小叮当为主角的《奇妙仙子》系列电影。

《蓝色海豚岛》

——少女版《鲁滨逊漂流记》

↑司各特·奥台尔(1898—1989)，出生于西部开拓时代的洛杉矶，创作的大部分小说内容都与拓荒者和印第安人有关。他一生最热爱的事业是写作，特别是为青少年写作历史题材的小说。

乌拉帕一定会笑我，其他人也会笑我——特别是我父亲。但对于那些已经成为我朋友的动物，我还是有这种感情。即使乌拉帕和我父亲回来笑话我，即使所有其他的人都回来笑话我，我还是会有这种感情的，因为动物、鸟也和人一样，虽然它们说的话不一样，做的事不一样。没有它们，地球就会变得枯燥无味。

——《蓝色海豚岛》

一天，被称为“加利福尼亚历史活词典”的司各特·奥台尔正在图书馆翻阅资料，无意间他被书中的一段历史记载吸引住了。这段历史记载讲述了这样一个故事：1835 1853年，一位印第安少女带着一只狗，在位于洛杉矶西南75英里的圣·尼哥拉斯岛独自居住了18年。对于这位少女，书中只有几句简单的描述：“在商船发现她的时候她穿着一身鸬鹚羽毛裙，说着奇怪的语言，已经无法与外界沟通了。”这个故事点燃了司各特的灵感，这个从小就在印第安人居住的海岛周围探险的作家，凭借着少年时的记忆和广博的想象力为我们讲述了一个感人至深的荒岛生存的故事。《蓝色海豚岛》从1960年出版就被称为少女版《鲁滨逊漂流记》，这不仅因为它是根据真实的故事改编而成的，还因为它是在借荒岛生活来描写人与自然之间的关系。

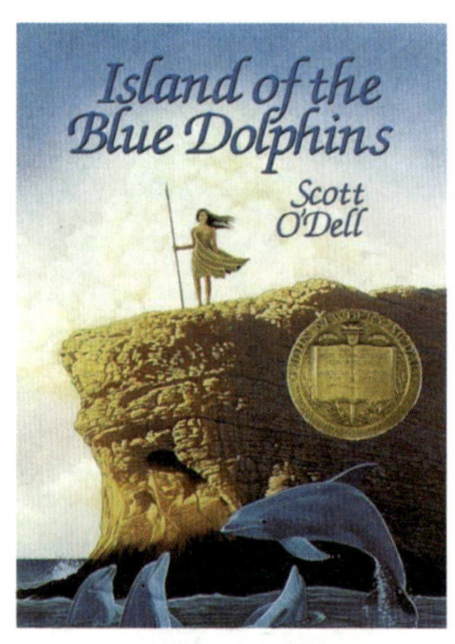

↑《蓝色海豚岛》出版于1960年，为作者赢得了国际儿童文学奖的两项最高荣誉——“纽伯瑞奖”和“安徒生奖”。

《蓝色海豚岛》讲述了印第安少女卡拉娜独居海豚岛18年

的故事。卡拉娜和父亲、姐姐、弟弟还有族人快乐地生活在太平洋里的蓝色海豚岛上，他们以捕鱼为生，怡然自得。然而为了掠夺海上资源，残忍的阿留申人来到海豚岛上，将包括卡拉娜父亲在内的岛上的印第安男人杀害了一大半。为了活下去，部落里的人决定搭乘过路的商船去东方的文明世界，然而当大风突然袭来，商船必须快速离开海豚岛的时候，已经登上商船的卡拉娜突然发现弟弟被落在了岸边。卡拉娜无法做到将弟弟一个人留在岛上而独自去寻找生的希望，所以她跳下商船返回了海豚岛。

最初，卡拉娜和弟弟相依为命，然而没想到独自出门的弟弟被野狗咬死了，整个海豚岛只剩下了她一个人。她需要面对饥饿、寒冷、淡水匮乏和时时盯住她的野狗，更可怕的是寂静无声的海豚岛总是提醒着她的孤独和关于死去的亲人的记忆——“太阳从海里升起，又慢慢地回到海里，就这样日复一日。岛上只有我一个人，想到这点，我心里充满了孤独的感觉。”卡拉娜想要活下去，只有不断地给自己希望。这个希望从最初盼望海上出现商船，到将自己的生命彻底融入

海豚岛，她一步步地走向内心的宁静。她用漂亮的鸬鹚羽毛做裙子，用美丽的鹅卵石做耳环，即使这个岛上只有她一个人；她制作武器，却原谅了咬死弟弟的野狗，并将它变为自己的朋友；她照顾被阿留申人刺伤的海獭，把海獭一家当做自己的亲人；她给小鸟取名，和海豚游戏，她不再杀海豹，不再用镖枪叉海象。

卡拉娜用爱而不是征服的方式与自然相处，她在寂静中懂得了生活的意义——不是占有和索取，而是接受和付出。她在孤独中懂得了生命的意义——生命本身就是一种磨难，它的乐趣在于苦中作乐。她在沉静中懂得了自然的意义——万物都是平等的，你温柔地对待这个世界，这个世界就会以温柔的方式对待你。《蓝色海豚岛》中包含的对生活的审视，对生命的理解，对自然的尊重，比起《鲁滨逊漂流记》中人类对自然的强烈征服欲望，显示了人与自然和谐相处的美好，也因此成为海洋儿童文学王国中一道亮丽的风景。

海豚湾的传说

在希腊，海豚是爱情的象征。很久以前，天神之子违反神界禁忌与凡界少女相恋，两人走遍天涯海角却寻不到容身之地。住在森林最深处的精灵女王同情他们，送给这对恋人一对灵性的铜戒，保护他们安然渡海。忌妒之神发现了铜戒的秘密，将之取走扔进海里。失去铜戒庇护的恋人也因此被大浪冲散。即便如此，他们仍全心搜索彼此的身影到最后一刻。黎明将至，眼看两人就要化为泡沫。这段爱情感动了善良的海豚，在晨曦将现的刹那，衔着铜戒跃出海面，让这对恋人重新拥有精灵女王的祝福，得以长相厮守。就在第一道曙光照在白色沙滩的瞬间，整片沙滩顿时成为幸福的粉红色，而海豚也从此成为爱情的守护神。传说只要你对着海豚湾诚心祈祷，期待的爱情就会成真。而你在海豚湾表白的第一个对象，就是命中注定的恋人，镶有海豚的铜戒更能守护相爱的恋人，生生世世……

风平浪静后那缀满星子的天空，
孤独的水手那落入太平洋的眼泪，
穿越俗世生活的那驶向远方的风帆，
都已和时间一起凝固在海洋文学的世界中。

看完《海洋文学》后，
你是否对神秘的大海充满向往，
你是否为人类认识海洋、征服海洋的渴望而感动，
你是否也同样对自由满怀憧憬……

致　谢

本书在编创过程中，参考使用的部分文字和图片，由于权源不详，无法与著作权人一一取得联系，未能及时支付稿酬，在此表示由衷的歉意。请相关著作权人与我社联系。

联 系 人：徐永成

联系电话：0086-532-82032643

E-mail: cbsbgs@ouc.edu.cn

图书在版编目（CIP）数据

海洋文学／朱自强主编．—青岛：中国海洋大学出版社，2012.5（2019.4重印）

（人文海洋普及丛书／吴德星总主编）

ISBN 978-7-5670-0002-5

Ⅰ.①海…　Ⅱ.①朱…　Ⅲ.①文学－作品－介绍－世界－普及读物　Ⅳ.①I106-49

中国版本图书馆CIP数据核字（2012）第088840号

海洋文学

出 版 人	杨立敏		
出版发行	中国海洋大学出版社		
社　　址	青岛香港东路23号		
网　　址	http://www.ouc-press.com	**邮政编码**	266071
责任编辑	张　华　电话　0532-85902342	**电子信箱**	huazhang_china@hotmail.com
印　　制	三河市腾飞印务有限公司	**订购电话**	0532-82032573（传真）
版　　次	2012年5月第1版	**印　　次**	2019年4月第6次印刷
成品尺寸	185 mm × 225 mm	**印　　张**	10.25
字　　数	52千字	**定　　价**	39.80元